向人民报告——中国脱贫攻坚报告文学丛书
中国作家协会脱贫攻坚题材报告文学创作工程

废墟上的涅槃

次仁罗布 ◎著

天津出版传媒集团
百花文艺出版社

图书在版编目（CIP）数据

废墟上的涅槃 / 次仁罗布著. -- 天津 : 百花文艺出版社, 2020.10
(向人民报告 : 中国脱贫攻坚报告文学丛书)
ISBN 978-7-5306-7976-0

Ⅰ. ①废… Ⅱ. ①次… Ⅲ. ①报告文学-中国-当代 Ⅳ. ①I25

中国版本图书馆 CIP 数据核字(2020)第 201724 号

废墟上的涅槃
FEIXU SHANG DE NIEPAN
次仁罗布 著

出 版 人：薛印胜　　选题策划：汪惠仁
责任编辑：徐福伟　齐红霞　　装帧设计：郭亚红
特约编辑：孔吕磊
出版发行：百花文艺出版社
地址：天津市和平区西康路 35 号　邮编：300051
电话传真：+86-22-23332651（发行部）
+86-22-23332656（总编室）
+86-22-23332478（邮购部）
网址：http://www.baihuawenyi.com
印刷：天津新华印务有限公司
开本：710×1000 毫米　1/16
字数：110 千字
印张：11
印数：1-5000 册
版次：2020 年 10 月第 1 版
印次：2020 年 10 月第 1 次印刷
定价：40.00元

如有印装质量问题，请与天津新华印务有限公司联系调换
地址：天津东丽开发区五经路 23 号
电话：(022)58160306
邮编：300300

目　录

序

云南，在人们的印象当中是个四季如春的地方，在全国她有很多极响亮的名字：植物王国、动物王国、有色金属王国、药材之乡等。人们总是将她与美好、富庶联系在一起。

云南省东部与贵州省、广西壮族自治区为邻，北部以金沙江为界，同四川省隔江相望，西北紧邻西藏自治区；西部同缅甸接壤，南部同老挝、越南等国相邻。由于她北靠广袤的亚洲大陆，南连位于辽阔的太平洋和印度洋的中南半岛，处于东南季风和西南季风的控制之下，又受高原区的影响，形成了复杂多样的自然地理环境。这里雨量充沛，境内有众多的河流和湖泊，加上世代生活在这里的众多民族，造就了云南独特的多元文化和斑斓的人文景观。

随着旅游业的蓬勃发展，世人把云南视为心中的旅游胜地，昆明、西双版纳、大理、丽江、香格里拉、普洱等地名扬天下。

在外人的眼中，这样一个地方，跟贫困是很难联系到一起的。

2015年10月，习近平总书记在党的十八届五中全会上强调:“今后5年党和国家各项任务,归结起来就是夺取全面建成小康社会决胜阶段的伟大胜利，实现第一个百年奋斗目标。”2017年,党的十九大提出,从现在到2020年,是全面建成小康社会决胜期。

这是党和政府吹响的号角,是向贫困、落后发出的战斗宣言。

贫困是人类美好幸福生活的最大敌人。

小康社会是人类梦寐以求的夙愿,是中华民族几千年来追求的理想社会,是中国特色社会主义进入新时代的重大历史节点,也是中华民族伟大复兴进程中的重要里程碑。此刻,中国共产党正带领全国人民为实现这一伟大的目标奋斗不止。

云南省又是以怎样的姿态,投身到这伟大目标的实现过程中的呢?

2019年12月中旬我赶到昆明，住在云南省扶贫办隔壁的一家宾馆。

第二天,扶贫办负责宣传的处室领导接待了我,他们介绍了云南脱贫攻坚的整体情况,还为我准备了相关的资料。

在几个小时的交谈中,我切身感受到云南脱贫攻坚一线战斗人员的情怀与担当。自2018年全国脱贫攻坚战扎实推进以来,奋战在一线的第一支部书记就有2.6万人、驻村干部12万人,他们沉潜到贫穷、偏远的村子,放弃了周末,放弃了节假日,放弃了休假,一心扑在脱贫的工作上。许多干部夫妻,周末开着车带着小孩，买上大米、面粉、食用油，到偏远的对口帮扶村民家里看望慰问，了解他们的生产生活需求；许多干部由于长年累月在村子里工作，身患重疾，但仍坚守岗位；也有许多干部倒在了工作的岗位上，再也没有能够站起来……

正如云南省扶贫办宣传处冉玉兰处长所说："我们就是把脱贫攻坚当成一场战役在打！"

我在云南的那些日子里，切身体会到了这句话的含义。在云南脱贫攻坚奔小康的战场上，不仅有当地干部群众的身影，还有企业、个人的参与，更有上海市、广东省的介入，形成了东西部合力、全社会介入的一场轰轰烈烈的大会战。

云南省人民政府帮扶协作处牛涛处长介绍："云南的扶贫任务相当艰巨，少数民族地区由于地理、自然、历史、文化的因素，生活状况比较艰难，贫困人员也较多。"据了解，截至2019年，云南省共有88个贫困县，其中27个为深度贫困县，建档立卡贫困户达到189万户，共752.8万人。这充分显现了区域间的发展不平衡不充分的问题，这组数据也改变了我们之前对云南富庶美丽的想象，只感到云南省的脱贫攻坚任务相当艰巨。

我听人介绍："云南的脱贫攻坚战打得如何，要看昭通市；昭通市的脱贫攻坚战打得如何，要看鲁甸县。"从这句话我们就知道，鲁甸县的贫困有多么严重，它是云南省27个深度贫困县中的一个。全县辖10镇2乡，土地面积1484平方千米，这块土地上生活着汉、回、彝、苗、布依等14个民族共46.9万人。

以鲁甸的脱贫攻坚作为一个切入点，它的点点滴滴，就是整个云南省脱贫攻坚的缩影。

第三天，我坐昭通市扶贫办的汽车前往鲁甸，出了昆明一路飞驰在高速公路上。

司机师傅告诉我，中午就能赶到昭通。以前从昭通到昆明要走两天,现在这条高速路通车后,4个小时左右就到了。从他的言语中可看出他对云南省的快速发展由衷地感到骄傲。

沿途的景色慢慢地萧瑟起来，但跟青藏高原比，这一路上还能看到许多青翠的植被。路边村民的三层砖房一座座地矗立,每间房屋都是那样的崭新,门口停着各种小轿车或货车,望着都能感受到他们此刻的日子过得很红火。

司机师傅对我说，他有两年没有休假，这两年都在村子里跑。还说,机关里除了一两个人,都深入基层搞脱贫了。虽然是在闲聊,但我的心里对奋战在一线的人们已肃然起敬。这么多的干部为了让村民实现脱贫奔小康，舍弃了个人家庭的团圆，将精力和时间全部投入这项伟大的事业中，让贫困早点远离，让千家万户过上文明、富裕的生活。时代给了他们一个机会,他们也不辱使命,用行动证明着自己的价值和能量,为脱贫攻坚的事业贡献着自己的一份力量。

共和国会记住他们的,人民会永远铭记他们的。

昭通市扶贫办主任和昭通市作协主席吕亚平中午接待了我。一同吃午饭时,他们给我介绍昭通的历史文化、地理环境、扶贫工作情况。虽然时间很短,但对我来讲收获极大。匆匆吃完饭,我就告别他们,赶往鲁甸县。

到达鲁甸县时，鲁甸作协主席云鹏和扶贫办工作人员郭建勋已在宾馆等候。

云鹏主席了解了我要采访的内容后，胸有成竹地告诉我，去龙头山镇的甘家寨和光明村，再到易地搬迁点，就能比较全面地看出鲁甸县脱贫攻坚的方方面面。

真的要感谢鲁甸作协主席云鹏，我在这三个地方寻找到了很好的素材。

第一章　浴火重生

一、破碎

县作协主席云鹏和扶贫办的工作人员黄雄辉要把我送到龙头山镇甘家寨去。

汽车在山间道路上飞驶，前方是一溜狭长的坝子，村镇的房舍在路边错落有致，一道清澈的河水从坝子中央弯弯曲曲地流淌过去，宛如一条碧绿的彩带。

一路上云鹏主席给我介绍鲁甸县的历史：鲁甸因鲁甸山而得名，是彝族语的地名。“鲁”为彝族称号，“甸”意为平地、水草坝子，是指彝族人居住的平坝。汉武帝建元六年起，历经三国、西晋、东晋、南北朝、隋到唐初近千年，它属于朱提郡、朱提县地，因境内朱提山出善银而驰名。唐（南诏）、宋（大理）、元、明时期属于乌蒙土司领地，清初改土归流，雍正九年置鲁甸厅属于昭通府，民国二年改厅为县，属于滇中道，后属昭通行政督察专员公署。1950 年 4 月，鲁甸县人民政府成立，属昭通行政公署。1958 年并入昭通县。1962 年恢复鲁甸县。2001 年 8 月，昭通撤地设市后，属昭通市至今。

2014 年 8 月 3 日，鲁甸龙头山发生了里氏 6.5 级的强烈地震，波及巧家、会泽、昭阳等地，鲁甸的龙头山、火德红，巧家的包谷垴、老店是这次受灾最严重的地方，617 人罹难，112 人失踪，23 万多人被紧急疏散，12.23 万栋房屋垮塌。其中，甘家寨在地震中遭到重创，60 多户村民的房屋全部坍塌，被垮塌的岩石掩埋，有 52 个村民不幸遇难。

此刻，他们要带我去的地方就是现在被整体搬迁到骡马口社区后涅槃重生的甘家寨。

我们的汽车从龙头山镇所在地顺着盘山路下来，就能看到一座座整齐的青瓦白墙房和绿树掩映中潺潺流淌的龙泉河，给人一种江南水乡的灵秀感觉。它有一个小城镇的规模，道路四通八达，公共服务设施齐全。汽车穿过一条条整齐的街道，停在了甘家寨的一家客栈前。将我安顿好后，云鹏主席他们返回鲁甸去，因为第二天他们又要赶到所在单位的驻村点。

甘家寨位于骡马口社区的中心地带，村口右边的绿化带矗立着一座银灰色的铁质雕塑，下面有两根倾斜的支架，它们托起雕塑最上面的一轮弯月，两根支架中间竖排着红色的“甘家寨”三个字，显得极其醒目。雕塑底座是灰白相间的长方形石头，中央贴着白色的大理石瓷砖，上面用红色的字写着“博爱新村”，这四个字的中央贴有红十字会的标志和国徽中的麦穗。

一条笔直的黑色沥青路直通到社的另一头，与对面的大路连接在了一起。道路两边是甘家寨村民小组的房子。房子都有青瓦白墙方格窗子，每家的墙壁上挂着一面鲜艳的五星红旗，在微风的吹动下轻轻飘摇。一进社，右面墙壁上贴着习近平总书记看望甘家寨受灾群众的巨幅照片。村民们在巨幅照片的旁边用红笔写着“牢记总书记嘱托　感谢党中央关怀”这几个字，它表达着甘家寨村民发自肺腑的感恩之情。左侧房屋前留有一个300多米宽的广场，旁边伫立着一块龙头山镇人民政府立的碑，碑文上这样写道：

鲁甸县“8·03”地震

中国红十字会博爱家园项目纪念碑

骡马口社区甘家寨社　碑记

2014年8月3日16时30分，云南省昭通市鲁甸县发生里氏6.5级地震，灾区群众生命财产遭受重大损失。

为帮助受灾社区提升防灾减灾综合能力，推动社区社会治理，促进社区发展，社会各界奉献爱心，通过云南省红十字会捐助善款50万元，昭通市红十字会捐助善款30万元，资助鲁甸县龙头山镇甘家寨社实施博爱家园项目。其中：设立红十字博爱资金，滚动支持贫困户生计发展60万元；建立志愿者队伍、开展防灾减灾和产业培训20万元。该项目于2018

年11月开始实施，2019年2月完成。

为感谢社会爱心企业（单位、组织）和爱心人士之人道义举，并永铭其功，特立此碑，以志纪念。

龙头山镇人民政府

二〇一九年三月

碑记文字的旁边还配了地震前后的甘家寨和如今建设一新的甘家寨照片。这种鲜明的对比，给人的心里带来强烈的震动。

望着村民住房周围盎然的绿意、干净整洁的街道，我感受到了一种宁静、祥和的氛围。

如果不是亲眼所见，很难想象住在这里的人们，5年前曾经历了一场生死劫难，许多家庭因此支离破碎，他们经历的何止是与死神的一次抗争，更是一次心灵的炼狱，一次情感的磨难。在那一瞬间的地震过后，人们发现自己已变成了一无所有者。

可是，这短暂的5年时间里，他们依靠国家政府的帮助和社会各界的无私支援，通过自己勤劳的双手，又重新站立了起来，医治好心灵的创伤，又满怀信心地走在奔小康的大道上。

天色暗了下来，甘家寨的路灯亮了起来。

我到甘家寨的这半天多时间里，只看到一些上了年纪的人和放学回来的小孩，没有看到年轻人在社里走动，我猜想这里的年轻人都到外面读书或打工了吧。

后来的几天时间里我采访了甘家寨的许多人，也跑到离这里9千米远的原甘家寨所在地去实地察看。甘家寨地处沙坝河、龙泉河、牛栏江的交汇处，坡陡山高，隔着牛栏江，对面又是一座山峰。

我和甘家寨的邹家荣站在长满枯草的山坡上，他给我指着当时谁家在哪个位置，告诉我哪家地震中逝去了什么人。最后他指着山脚道路下面靠着牛栏河的一处被掩埋的房子，对我说："那里就是我曾经的房子，里面掩埋着我最小的孩子。当时他只有 11 岁，正上六年级。"他说这话时，满眼泪花，表情苦涩。

山谷中涌来的风轻轻吹动着他的头发，路边的蒲苇摇荡着身子，仿佛也在低声哭泣。

以前，我们站立的这块坡地被修整得比较平坦，上面错落有致地依山建着甘家寨人的房子。那时建两层楼房的只有 16 户人家，其他 43 户都是青瓦白墙的土房。房子的周围被甘家寨人开垦出了一层一层的梯田，上面种上了各种蔬菜，田边地头和山上种了些花椒树。那时甘家寨是属于龙泉社区的，由于它位于三级电站和二级电站之间，用电和灌溉都特别方便。甘家寨人的经济收入主要靠种植蔬菜和外出打工，再加上一点卖花椒收入，每家年平均收入可达到万把元。他们的日子过得还是比较舒坦且安定的。

由于特殊的地理位置，龙头山镇里甘家寨的蔬菜比其他地方都会早熟，而且一年可以种上两季。甘家寨的人从地里摘下青翠的蔬菜拿到小寨、龙头山、包谷垴、沙坝、光明等地去卖，每斤都能多卖 8 角。等到其他地方的蔬菜上市时，甘家寨的蔬菜差不多已经卖完了。他们种植的有辣椒、西红柿、黄瓜等，每天用摩托车驮着新鲜的蔬菜驶向不同的地方。那阵子是甘家寨人最忙活的时候,也是充满希望和憧憬的最美好时光。

在甘家寨的人计划着未来、绘织着幸福生活之时,灾难却在向他们步步紧逼。

据邹家荣回忆,那天早上他到猪圈喂猪,猪都相互拱着,要跑出圈外似的;再去给鸡喂食,平时过来争抢食物的那些鸟都不知飞到哪里去了,不见一只来争食。当时他只觉得有些不可思议,但也没有多想,抬头只看到阴沉沉的天空。

他回屋收拾停当后,离开甘家寨去了天生桥。但他没有想到的是,灾难已游弋在他们的脚下。

这是让甘家寨人刻骨铭心的时刻,时间被定格在了 2014 年 8 月 3 日下午 4 点 30 分。

这是一场走滑式的地震,震源深度只有 12 千米,却在极短的 6 秒,释放出了 6.5 级地震的能量。用甘家寨人的话说,最初他们听到的是嗡——嗡——的低吼声,接着是地动山摇,垮塌的半壁山夹着石块和土,卷起漫天的尘雾,轰隆隆地一泻千里。山谷里尘雾弥漫,什么都看不见。等灰尘消散,幸存的人瞪着惊惧的眼睛再看时,整个甘家寨六十多栋房屋都不见了,被掩埋在了土石之中。人们凄惨的叫喊声、哭声响彻在山谷之中。

对面山上垮塌的土石将牛栏江活生生地截断,形成了赫然可见的一座大坝。

幸存的人呼叫着亲人的名字,他们相互慢慢靠拢,希望有奇迹发生。

这些幸存的人，绝大部分是因为去山上采摘花椒才躲过了这一劫。

山上时有石头滚落下来，他们躲避着走到被掩埋的房屋旁，满心希望能寻找到生还者。除了满目的疮痍，他们没有找到一个生还者。但他们不愿放弃，幸存的人们不分彼此，不分亲疏，用双手挖刨那些岩石与土。

时间分分秒秒地逝去，希望离他们越来越远，加上余震不断，甘家寨幸存的人只得扶着伤员，往天生桥方向转移。

通往天生桥的路上滚落着大大小小的石头，道路出现裂痕，他们相互依靠、帮扶，艰难地走到了天生桥，此时天色开始暗淡下来。

他们在那里得到通知，晚上会下一场雨。甘家寨人用车篷搭了帐篷，将受伤的23名伤员安置在中间，其他人围坐在周围，度过了那个阴冷且令人沮丧的不眠之夜。

那夜无比的漫长，这200多名幸存者的心里一直在祈祷，希望失踪的亲人们都能活下来。他们的脸上湿漉漉的，不知是被眼泪还是雨水打湿的。也有女人轻声地啜泣，那哽咽声是如此的凄惨和无助。男人们却默默地坐在帐篷下，眼睛望着漆黑的夜色，让痛苦的泪水直往心里淌落。他们不能当着妇女和小孩的面哭泣，她们还能依靠谁，谁为她们撑起一片天呢？在这雨水淅沥、余震不断的夜里，他们最多只是轻轻地叹息一声。那叹息声如山沉重，压得他们呼吸不畅。

第二天，抢险队早早地赶到了天生桥。早上7点多，又饥又渴的甘家寨人准备前往沙坝。路上余震和滚石不断,安全起见,他们决定十个人一组出发,这是为了便于出现状况时能紧急逃生。前方的道路被阻断了,第一组的人抬着伤员开始往山上爬,等他们走了一段距离,第二组才开始出发,之后是第三组……

经过艰难的爬行,他们终于走到了沙坝。

中午,政府派来的救护车赶到了沙坝,医护人员给伤者进行紧急处理,将病人送往鲁甸县医院。甘家寨的其他人又徒步前往鲁甸县,被政府安排在了人工湖旁边搭建的简易安置房里,政府给他们提供了食物。

休息了一个晚上后,甘家寨幸存人割舍不下那些失踪的亲人,心里抱着一丝希望,决意前往甘家寨继续搜寻。

当来到废墟上,看着被雨水冲刷后的废墟时,他们心情格外的沉重和悲痛。他们拿着工具开始挖刨,一上午只找到三位遇难者。

中午,十四集团军工兵团的救援队伍赶到了这里。战士们望着这片废墟,内心极其悲痛,他们顾不得喘口气,就在烈烈日头下开始挖刨。不一会儿,他们身上汗如雨下,湿透了衣服,可是他们不肯歇息片刻,继续奋力挖刨。铁锹与岩石触碰的嚓啦声和粗重的喘气声搅碎了这里的宁静。

救援队当中有两名女兵,一名叫邱泽敏,另外一名叫代雅娟。她们穿着迷彩服,戴着头盔,参与到了救援的行动当中。山顶上有位妇女在喊:“解放军同志, 看得见屋顶的那栋房子就是我家,里面埋着我的婆婆和孩子,请你们救救他们。”听到这位妇女的求救声，救援人员拿着工具马上往那儿赶。两名女兵也拔腿急忙往那儿奔，没有走几步，汗水把衣服湿透，又经太阳一晒，她们穿的迷彩服后背上出现了一层白色的盐渍，一颗颗汗珠顺着脸颊淌落下来，滴答滴答地滴落下去。

这是多么艰难的时刻啊，没有一丝的风吹来，太阳让浸湿的泥土蒸发热气，战士们的体能消耗极大，身体里的水分在不停地蒸发，时间久了极易造成脱水晕倒。

两名女兵迈动的步伐没有停下来，她俩在一步步地接近那个屋顶。按照甘家寨人的指点，战士们挥动工具开始挖刨。她俩也加入实施救援的行列里。

邹家荣望着缓缓流淌的牛栏江说："我看到这两名女战士很勇敢，她们挥着锹，奋力挖掘。那天的气温很高，太阳又大，她们身上的衣服都能拧出水来！"

为了不辱使命，她俩表现得英勇无畏，毫无惧色。

由于石块的猛烈碰撞、挤压，被挖出来的遇难者的遗体没有一具是完好的，都是些断臂残腿，几乎无法辨认遇难者。

甘家寨人一次次地目睹这种状况后，内心煎熬无比，痛苦万分，肝肠寸断，这哪里是他们想要看到的结果。那位叫喊她们的妇女率先跪伏在地上，请她们不要再挖了。见状，其他的甘家寨人也跪下来，声泪俱下地求她们不要再继续了，他们无法接受这样的惨状。

听到甘家寨人的请求后，两名女兵停下了挥动的工具，其他的救援队员也一个个地停止了挖掘。他们抬起头，望着跪在地上饱受煎熬的甘家寨人，眼睛里落下一颗颗晶莹的泪珠。战士们用那双沾着泥土的手取下沉重的头盔，将它抱在身体的右侧，低下头来为掩埋在泥土下的遇难者们默哀。

工兵团的战士在这酷日下，挥锹铲土，只为了能在黄金 72 小时里救助出更多的生命，有几名战士由于劳累过度，晕倒在了救援现场。

无奈这场灾害来势太凶猛，无奈时间消逝得太匆忙，加上甘家寨人看到支离破碎的遗骸心灵受到极大的伤害，苦苦央求救援队伍不要再挖掘，救援队只能遵从他们的意愿，让死者永远长眠于地下，让他们与天地共存。

这次地震中，甘家寨有 52 人被掩埋在了垮塌的岩石之中，人们只寻到了其中 36 具遗体。

事后有人问邱泽敏和代雅娟两名女兵："面对残缺不全的遗骸时，你们心里不怕吗？"

她俩回答："心里确实有些害怕，但我俩是军人，职责和义务不允许我们畏缩和怯场，军人必须要冲锋陷阵在最前面。"

冲锋陷阵在最前面！这句话充分体现在了这些军人身上。祖国哪里有危险、灾情，他们的身影就会出现在哪里，保护人民群众的生命和财产安全，保护国家的安宁。这次鲁甸龙头山地震，部队官兵第一时间赶到现场，战斗在抗震救灾的最前沿。这些年轻的人民子弟兵，不顾个人安危，奋勇当先。当甘家寨人无助之时，他们用行动和爱，温暖并感动了甘家寨人，如今再谈起这些救援队员时，他们的言辞里仍然充满了感激之情。

而今站在这块坡地上，望着牛栏江缓缓流淌，望着山坡上的几座坟墓，往事并未像烟雾般消散。邹家荣和我并排站立在这里，我能强烈地感受到他内心的痛苦。他说："到现在，我的父亲还没有从地震的阴影里走出来。"内心承受的煎熬是何等的强烈，或许它会陪伴每个人走完这一生。

地震那一天，邹家荣的父母到山坡上摘花椒，地震时山坡垮塌，两位老人被冲到了牛栏江边。他们从那里爬起来，发现自己只是受了一点伤，就循着路往山上走，跟着大伙一起投入救援的行列里。但这样的奇迹只发生在了他俩的身上，后来习近平总书记亲自到两位老人的帐篷里看望了他们。

这一场突如其来的灾难，将甘家寨人以往宁静的生活打碎了，他们的心灵上留下了沉重的阴影。时任甘家寨社社长的张元山，一下失去了7位亲人，这位汉子一下被击垮，无法从伤痛中走出来；年迈的李勤巧老人也失去了24位亲人，老人悲痛的眼泪流干了；邹家荣视为心肝宝贝的小儿子，也在这次灾难中离世，这种打击直到现在都没有消失；张元顶辛辛苦苦到昆明打工，省吃俭用，供在昆明的3个女儿读书，指望她们将来能有出息，可是这个希望被地震无情地掐灭了，3个孩子在这次地震中遇难；有几个孩子失去了父母和家庭，变成无依无靠的孤儿……

这次遭受重创的甘家寨，今后是沉沦下去，还是浴火重生，这是各级党委和政府都非常关心的事情，他们为了甘家寨人竭尽全力，提供最好的驻地、最好的政策、最好的待遇。

二、温暖

听被采访的人们讲，发生地震的那一天，正好是龙头山赶集的日子，光明、沙坝、新民村、包谷垴的人们，把青椒、野山菌、花椒、核桃等拿到集市，摆在那里等待客商的到来，期待能卖出个好价钱。集市上人潮涌动，热热闹闹，能听到讨价还价的声音，卖东西的吆喝声，更有妇女咯咯的笑声。一切如往常一样。

下午，卖完货物的兴高采烈地离开集市，还没有卖完的静坐在那里继续等待，集市上走动的人员慢慢少了下来。

之前，龙头山的人们主要以种植烤烟为生，后来由于国家政策的调整，这里不让种烤烟了，为了生计，龙头山的人开始种植花椒、核桃、蔬菜，人们的日子渐渐地富裕了起来，对美好生活的向往也在逐日递增。人们想着国家的政策这么好，过上幸福、甜蜜的生活只是时间问题。怀揣这种美好的希望，他们矻矻终日奋斗之时，却遭遇了这一次地震，把梦想给震碎了。

这次地震是云南近14年以来，破坏性最大的一次地震，它所造成的损失是巨大的。

赶集回去的人们半路上被地震惊吓住，正在集市上的人们惊叫着往外跑。

地在摇动，石头在滚落，房子在倒塌，扬起一片黄尘。

鲁甸龙头山的地震虽然只持续了15秒，但就在这15秒里，它夺走了许多鲜活的生命，震塌了许多遮雨挡寒的房屋，也震碎了人们对幸福生活的憧憬。

地震发生的第一时间，习近平总书记和李克强总理立即做出重要指示：要把抢救人民群众的生命放在第一位。

雨在不停地下，余震一阵一阵，山上的石头不时地滚落下来，外面一片漆黑。这样危险的时刻，时任云南省委领导不顾余震，不顾安危，赶赴灾区现场，要同当地受灾人民群众待在一起，帮助他们渡过难关。

第二天，李克强总理带着习近平总书记的嘱托，飞抵灾区。

飞机刚降落在昭通机场，李克强总理便坐上中巴，直赴龙头山。汽车行驶到沙坝，前方的道路已被雨水冲刷下来的山体掩埋，泥石流不断。这里离震中还有 5 千多米。李克强总理徒步 5 千多米，与随行人员前往震中。

道路泥泞不堪，山上时有石块滚落，但李克强总理顾不得这些，他表情凝重地边查看灾情，边了解情况。李克强总理得知，地震刚发生时，昭通市委、市政府启动了一级应急措施，不到一个小时就有 200 多名官兵进入灾区，实施救援行动。道路被阻断后，靠人力往龙头山扛进 100 多顶帐篷，安置了 1000 多名老弱病残，还从废墟中救出了 76 人，刨出遇难者遗体 69 具。

在急赴云南的飞机上，李克强总理就召开紧急会议，听取国家地震局、交通部、卫生计生委、发改委、国土资源部、公安部等部门和人民解放军、武警部队负责人汇报，详细了解灾情、群众伤亡和救援进展，部署救灾工作。李克强总理充分肯定有关部门开展的救援工作，他强调，救援刻不容缓。要以对人民高度负责的态度，采取科学有利举措抓紧救援，力争把灾害损失降到最低程度。李克强总理再次要求，把救人放在第一位。

李克强总理到村子里看望和慰问受灾群众。李克强总理的到来，给灾民们不仅带来了党中央的关怀，更提高了他们战胜灾难的勇气和信心。

2014 年 8 月 20 日下午，中共中央政治局常务会议在北京召开，习近平总书记主持会议并发表重要讲话。会议强调，抗震救灾和灾后重建时间紧迫、任务艰巨、责任重大。要加强对救灾和灾后恢复重建工作的组织领导，发挥好各级党组织的作用。云南省政府对鲁甸地震灾区恢复重建负总责，国务院有关部门按照职责分工加强指导和做好相关协调工作。要制定重建规划实施方案，合理调配施工力量，科学安排工作时序，确保各项重建工作科学、高效、有序进行。要加强对恢复重建资金物资使用各环节的监督检查，确保资金和物资的合理使用。要做好宣传引导，鼓舞和激励各族干部群众同心协力、团结互助、顽强拼搏，克服一切艰难险阻，共同夺取灾后重建的全面胜利。

一场地震，牵动了党和国家最高领导人的心，他们心系灾区人民，为人民的福祉殚精竭虑，呕心沥血，彰显了中国共产党是人民的政党，是为人民群众服务的。

习近平总书记主持中央政治局常务会议和李克强总理亲临灾区一线，充分体现了我们党和政府是以人民为中心的，是与人民血肉相连、同甘共苦的；也从另一个方面表现出中央政府和地方政府的执政能力和决断能力，这是我们制度自信、道路自信的最好证明。受灾群众因总理的到来，感受到了党中央的关怀，对战胜灾难有了信心、有了底气，对未来的日子多了一份期待。

更令鲁甸灾区人民想不到的是，习近平总书记在发表2015年新年贺词时说："这一年，我国发生了一些重大自然灾害和安全事故，不少同胞不幸离开了我们。云南鲁甸地震就造成了600多人遇难，我们怀念他们，祝愿他们的亲人们都安好。"

新年伊始，习近平总书记的心里惦记着他们，为他们祝福，灾区人民深受鼓舞。甘家寨社社长杨国荣感慨道："我们在小寨安置点，听说习总书记在电视里专门提到我们时，心里一阵阵地温暖！"

让灾区人民感到温暖的还不止这些。

2015年1月19日，大寒即将来临时，习近平总书记2015年首次离京考察，第一站就选择了鲁甸龙头山地震灾区。

习近平总书记下飞机后，乘车前往龙头山查看灾情，询问今后发展的规划与思路，接着又到板房学校，进入教室察看。之后，又驱车前往小寨安置点，看望和慰问甘家寨易地安置在那里的群众。

到达小寨临时安置点后，习近平总书记先视察了临时党支部、警务室、消防室，然后走进5家灾民的帐篷里。每进一家帐篷，习近平总书记都要摸摸床上的被褥厚不厚，看他们身上穿的衣服暖不暖和，还揭开锅盖，看他们吃得好不好。见习近平总书记这样细致入微地关心他们的吃住行，站在一旁的甘家寨灾民满眼是感动的泪花。

邹体富老两口是幸福的,他们不曾想过习近平总书记会到他们的帐篷里来,并和他们拍了一张照片。他们不时回想那难忘的时刻。

习近平总书记走进邹体富老两口的帐篷,老两口高兴得眼睛都眯成了一条缝。习近平总书记和他们坐在一起亲切交谈。习近平总书记问他们在安置点的生活状况,告诉他们党和政府一定会帮助他们渡过难关,重建家园。邹体富老人激动得微张着嘴,一脸喜悦地望着习近平总书记。

临别时,习近平总书记叮嘱当地工作人员,一定要把过渡安置点搞好,春节过好,恢复重建搞好。

可惜,我这次到甘家寨采访时,两位老人到越南旅游了,其中的很多细节是通过甘家寨的采访对象处获得的。

这样一个天气严寒的日子,习近平总书记的到来,给甘家寨的受灾群众以莫大的感动和温暖。这一刻被他们印刻在了脑海里。后来搬到龙头山镇骡马口社区的甘家寨时,那时留下的珍贵照片被他们挂在了新社区的墙壁上,他们不时看一看,回忆那温暖、幸福的时刻。

对遭受重大打击的甘家寨人来说,这种被关心、被温暖的事情还有很多。

听甘家寨社社长杨国荣介绍:"地震发生后,甘家寨人在龙头山安置点搬了两次家,因为我们遭受了最严重的创伤,政府想给我们提供最好的居住环境,希望在一个好的环境里心灵得到抚慰，尽早振作起来。救援指挥部再一次给我们下达通知，要我们进行一次搬家，搬到条件最好的小寨农家乐里去。”杨国荣说这话时，嘴角挂上了一丝幸福的笑。他抽出一支烟点燃，眼睛望向对面自家墙上的全家福照，又跟我叙述起了后续发生的那些事情。

地震发生之前，甘家寨社社长是张元山，那次地震，他家里7位亲人遇难，这对他的精神打击特别大，很难从痛苦的记忆中走出来。龙头山镇党委、政府考虑到现在正值抗震救灾的最紧要关头，需要有个得力的人来为甘家寨人服务，于是召开了一次会议，龙头山镇党委书记和镇长，小寨镇的党委书记、镇长，村民委员等出席。这次会上，杨国荣当选为甘家寨社社长（当时叫村民小组组长）。他开始负责甘家寨的大小事务。那天正好是2014年8月27日。

杨国荣是个非常乐观、爽朗的人。我在甘家寨的那段时间，时常到他家里，请他带我去村民家，也跟他唠些家常。这位已是知天命之年的人，每说完一句话都会开心地自顾自地哈哈大笑，那笑声听着非常舒服。

地震前，甘家寨的红白喜事都由他来当家，由于善言和开朗的性格，很多人喜欢他。杨国荣跟甘家寨人相处得很融洽。这次能够被选为社长，也说明了上级组织和群众对他的充分信任。

这次地震让甘家寨受到了重创，救援指挥部对他们格外地关心和照顾。2014年8月8日，甘家寨人搬到了小寨中学学生宿舍里，被子等生活日用品统一发放，吃饭由政府统一安排在学校食堂。

救援指挥部将安置点选在小寨，是因为这里环境优美，医疗、交通、生活条件都十分便利，小寨这地方气候好，土地肥沃、物产丰富，是昭通市的主要蔬菜生产基地。小寨人近几年里又发展特色产业，大面积种植樱桃，以此带动小寨的乡村旅游业。经过几年的发展和完善，小寨樱桃打出了自己的品牌，在昭通市声名鹊起，甚至传到了更远的地方，经济收入也在稳步地增长。让受灾的甘家寨人住在这里，一是考虑到生活的便利，二是更多地考虑到他们那颗受伤的心灵，能够在这样一个好的环境里尽快得到治愈。这些都充分体现了党和政府始终以人为本，始终关切人民群众的需求，更体现出我们党是全心全意为人民服务的。

甘家寨的受灾群众住在中学的事情，被在小寨开农家乐的黄建荣知道了，他的内心深处触动很大，想着灾区人民刚经历一场生死劫难，许多人失去了亲人，他们的精神遭受了创伤，在这样的时刻，甘家寨人最需要别人的帮助，最需要被关怀和温暖。

黄建荣清楚自己是靠着国家的好政策和个人的打拼，才有了今天的成就，现在国家有难了，他要义不容辞地为政府分担一些责任，为甘家寨的群众做一些力所能及的好事。黄建荣最后决定将自家开的农家乐捐献出来，让住在中学里的甘家寨人搬到这里，给他们提供一个环境优美的场所。农家乐里树木葱郁，鸟语花香，设备功能齐全，甘家寨人搬到这里，肯定能让他们安心。这一决定在黄建荣的脑海里一做出，他的脸上便现出了甜蜜的笑容。

他把自己的设想说给小寨领导和救援指挥部，得到了他们的高度肯定和赞扬。生意人是要追求利益最大化的，但在道义和义务面前，能放下利益，选择后者，有这种精神的人让我们敬佩。

黄建荣无偿地将农家乐全部捐献了出来，里面有 14 间房子，后来它们被改造成了会议室、保管室、厨房、儿童娱乐室等。

全镇干部职工加班加点，用 3 天的时间把坝子的土地弄平整，铺上水泥地，搭建起了 61 顶棉帐篷，把一个农家乐改造成了安全舒适的灾民安置小区。

2014 年 8 月 24 日，这一天，甘家寨的 100 多名灾民搬进了这个安置点，一住就是近一年。

鲁甸县委工作组和小寨镇政府工作人员，给安置点的甘家寨人统一分发了炊具、桌子、凳子、食物等，让他们有了稳定的生活场所。

为了包保到户和救灾工作开展得更加有序，县委组织部建立了甘家寨红旗社区临时党支部，由县委组织部部长担任书记，组建了七人议事小组，设立门岗和保安。

正因有坚强的党支部组织，小寨临时安置点的运转马上正常了起来。村民小组不仅要管理整个安置点的运作，还要照顾受灾群众的生活起居、个人情绪、身体健康等。

甘家寨许多家庭因地震失去了小孩、父母、妻子等，每个家庭都有自己的伤痛。刚开始进行营救、搬迁时，他们没有时间去考虑更多，这才压制住了内心痛苦的喷发。但是到了小寨农家乐的安置点后，住进自己的帐篷，一家人坐在一起时，他们想起了那些失去的儿子、女儿、妻子、丈夫、爷爷、奶奶，悲痛从心底里涌上来，这才真切地感到了痛苦和悲伤。再想到除了当时身上穿的衣服，自己什么都没有时，对今后的生活失去了信心。有人因而变得沉郁寡欢，消沉无语，他们的心里注入的痛苦太多太多了，一时半会儿无法释放出来。

在安置点里，有人躲在自家的帐篷里谁都不愿见，有人虽然在外溜达，精神却是恍惚、低迷的，有人每天以泪洗面，唉声叹气不绝。

刚当上社长的杨国荣，一家一家地去看望，开导人们一定要向前看，从悲痛中振作起来。他说："那时我说的最多的话就是，现在党和政府对甘家寨人给予了无微不至的关怀，以后我们的日子会比现在更好。我们不能再给政府增加负担，也不能丢了龙头山的脸，一定要从悲痛中走出来，好好地活着！"多次的劝导对一些人起到了作用，还有一部分人依然沉湎在痛苦的阴影中，只能等待，只能让时间慢慢医治他们的心灵创伤。

到小寨农家乐的安置点后，小孩们被集中到娱乐室里，有专门老师教他们唱歌跳舞。这歌声和笑声，从那扇窗子里飞了出来，给沉寂的安置点带来了一丝快乐。连续多天后，歌声让这些甘家寨的大人紧锁的眉头渐渐舒展开来，有人走出帐篷到树木葱郁的安置点，凝望歌声传来的地方。这是一种积极向好的征兆。

之后，有更多的人从帐篷里走出来，脸上的痛苦开始转淡。人们之间的交流也多了起来，开始串起了门。

中秋节的那一天，小寨镇和龙头山镇党委、政府给他们送来了月饼，鲁甸县中医院院长也来到安置点分发慰问品，贵州的爱心人士寄来了很多月饼。鲁甸县组织部部长个人捐助1500元，要同甘家寨人一起过中秋节。

那天下午，大伙聚在了一起，开始分发月饼时，一切还正常。后来发到遇难者较多的家庭时，情况发生了变化。许多妇女偷偷地啜泣，陆陆续续跑回自家的帐篷。每逢佳节倍思亲！这个满月的时刻，失去亲人的锥心疼痛愈加强烈，对故去亲人的思念也喷涌而出，无法遏止。

月儿挂在高高的山头上，撒落下来的银辉让小寨镀上了一片清冷的光。

甘家寨人从树缝中、帐篷门口望着那轮满月，想起他们以往过中秋节的情景，心里满是忧伤。杨国荣和几名干部分头走入甘家寨人住的帐篷，倾听他们内心的痛苦，安慰他们要想开一些，这一切都是天灾引起的，一定要勇敢地活下去。现在有这么多爱心人士的帮助，政府又这样地关心我们，我们绝不能辜负他们的希望！曾经发生的汶川地震、甘肃舟曲地震，没要多长的时间，一切又重新建设了起来，灾区人民也过上了幸福的生活。我们也会跟他们一样，很快就能回到甘家寨的……

离开他们的帐篷回去时，杨国荣抬头看到一轮圆圆的月亮正挂在头顶，它的银辉落在安置点，一切是那样的清冽和怅惘。他眼角挂着泪水，心里在追问："甘家寨人何时才能从这种伤痛中走出来？"

杨国荣每天忙着安置点里的琐碎事务，有时还要骑着电动车往龙头山跑。他要把安置点里群众的需求上报给组织，又要把组织的精神带回来传达给甘家寨的人。每次去龙头山他都能感受到一种“大战前的硝烟气息”，人们忙忙碌碌地到处勘探，戴着安全帽的人手里拿着图纸，用手指指点点。他知道这是重建前的规划过程，甘家寨也会被建设得焕然一新。心里有了憧憬，脸上喜悦的表情就自然地显现出来，他骑在电动车上，一个人嘿嘿地笑了起来。

电动车行驶在平整的公路上，杨国荣想着赶紧回到安置点，把自己看到的情景告诉甘家寨的人们，让他们对未来有个盼头。

杨国荣回到小寨安置点，将自己看到听到的一切告诉甘家寨人。他们的眼睛都睁大了，充满了期待。有人问：“重建什么时候开始啊？”

杨国荣嘿嘿地一笑，说：“那得由政府来决定。”他掏出一支烟点燃，吐出那一缕烟雾时，心情好得没法用语言形容了。

甘家寨的人终于兴奋了起来，他们看到了希望，想象着不久就能搬回甘家寨，重新开始种植蔬菜，让自己的日子过得安宁、幸福。

人有了盼头，一切会开始发生变化。在小寨安置点里，甘家寨人聚在一起，谈论最多的是灾后重建的话题，编织着甘家寨的美丽未来。

时间转眼就要进入腊月，气候将会转冷，这对受灾群众又是一次考验。各级政府对受灾群众的过冬工作高度重视，提出了安全过冬、温暖过冬的总要求。要安排20多万群众安全过冬，其工作的烦琐和压力之大是不可想象的。

英国浪漫主义诗人雪莱曾写道:“冬天来了,春天还会远吗?”

甘家寨的人首先嗅到了春天的暖意。2015 年春节来临之际,施乐会给甘家寨人捐助了 30500 元,招商银行资助 73000 元,贵州爱心人士捐款 30500 元,鲁甸县委组织部捐助 30500 元,鲁甸次院乡党委书记个人捐助 3600 元,小寨镇党委书记的姐妹们捐助 7000 元,小寨镇和龙头山镇党委和政府送来了衣服、毛毯、学习用具,中铁十一局送来了大米、面粉等。社会各界牵挂着受灾群众,用自己的实际行动支援和温暖他们。相濡以沫、同舟共济是我们中华民族的传统美德,也是中华民族能够绵延 5000 多年的基石,这次灾难之后发生的一切,再次印证了中华民族的凝聚力和向心力。

小寨安置点上的甘家寨人,感受到了关心与温暖,这种温暖融化了他们内心的伤痛和沮丧,使他们看到了美好的明天,体会到了我们社会主义制度的优越性和强大的动员能力,心里对党对国家充满感恩,对所有关心帮助他们的人心怀感恩!

三、乔迁

2014 年 9 月 28 日,参与抗震救灾救援任务的某部防化营最后撤离龙头山镇,标志着鲁甸县抗震救灾工作的正式收官,鲁甸县即将进入轰轰烈烈的重建工作之中。

新年过了没有多久，住在小寨安置点里的甘家寨人发现，路上工程人员和车辆一天比一天多了起来，他们浩浩荡荡地驶向龙头山方向。甘家寨人知道重建家园的工作已经开始了。这是战斗号角的吹响，也是创建美好家园的起始。

甘家寨人看到的只是道路上车队驶过去的热闹场景，殊不知为了这次重建，云南省派出了15000多名机关干部、职工和工程技术人员奔赴灾区一线，与受灾群众同吃同住，一同生活；上万个建筑公司，带着机械、技术人员和工人，络绎不绝地进入施工现场。在机械的轰鸣声中，不管是统规统建、集中安置的工地，还是统规自建的村村社社，都拉开了建设的序幕。这也是为了实现习近平总书记提出的灾后重建结束之时也是脱贫攻坚收官之日的殷切希望。

令甘家寨人感到遗憾的是，经过多次实地勘探和调研，反复论证，权威专家们得出最终结论，原来的甘家寨村不再适宜人居住和生活，甘家寨的重建需要另选新址，进行整体搬迁。

灾后重建指挥部在甘家寨选址问题上一直不能拍板。

小寨镇的党委和政府知道这件事后，提出愿意在小寨划出一块好地，安置甘家寨的受灾群众。小寨的这一决定得到了当地村民的积极响应，他们愿意接纳，愿意同甘家寨人一同把小寨建设得更加美丽、富裕。小寨人张开了双臂，等待甘家寨人的投入。

灾后重建指挥部慎重起见，同龙头山镇和小寨镇党委、政府一起进行了多次磋商，一切要从让甘家寨受灾群众受益出发。几次讨论之后，最终把选择权交给了甘家寨的受灾群众。

2015年5月初的某一天，省、市、县各级党委、政府和灾后重建指挥部，在小寨临时安置点与甘家寨人一起商谈最终的归宿问题。

按理说，小寨土质肥沃，物产丰富，交通便利，对于甘家寨人来说是一个极具诱惑力的好地方，它的发展潜力也有目共睹，而且小寨人民对他们的真诚接纳和无私帮助，也令甘家寨人无比感动。但是，甘家寨人一想到自己祖辈都在龙头山那边生活，他们的根在那里，他们的乡愁也在那里，地震中遇难的52位亲人，他们的魂也在那里，他们得回到龙头山。在情谊与乡愁之间，他们选择了那份浓浓的乡愁。听完他们的想法，各级党委、政府和灾后重建指挥部决定，遵从甘家寨受灾群众的意愿，让他们回龙头山。

龙头山镇党委和政府对这件事十分重视，决定把最好的9号地留给甘家寨的300多位灾民，让他们在那里重建新家。

甘家寨人做出这样的抉择，更多的是出于对故土的眷恋。他们心里又觉得有愧于小寨镇党委、政府和人民，在他们最艰难的时刻，是小寨接受了他们，把最好的地方留给他们，让他们安心生活和居住。得知无法再返回原先生活的地方时，又是小寨人率先敞开胸怀表示愿意接受他们。小寨人是在真心为甘家寨人着想，是为他们今后的幸福生活考虑的。他们从心底里感恩小寨镇党委、政府和人民，也会永远铭记施与他们的这份真情厚谊！

留给甘家寨人的9号地，是龙头山镇重建中最好的一块地，也是最中心的一块地。从这个决定中，甘家寨人深切地体会到了党和政府对他们的关爱，也只有我们这样的社会制度才会真心为人民考虑，为人民解决实际困难，让人民从艰难困境中走出来。

这次商讨会上决定，国家为甘家寨人出地基，建一层半或两层半房屋，根据各自家庭的人口和经济情况具体定夺，每平方米造价要控制在800元至1000元。国家给每户补助50000元，红十字会资助20000元，不足部分每户自行解决。建房经费上有问题的家庭，政府可以出面帮助从信用社贷低息款50000元。

龙头山镇重建房屋的面积分别为90平方米、120平方米、150平方米，除了学校、医院和个别机关单位用钢架结构，造价控制在每平方米1000元左右，其他的民居全部用框架结构，由于建筑材料的不同，每平方米的造价在800元至1000元之间浮动。如果建筑面积90平方米，国家补助和红十字会的捐助款项就够用，若建筑面积120平方米，个人承担一点也就可以了。这样一算，实际上甘家寨人在重建家园中没有太多的负担，绝大部分由国家和社会承担。

甘家寨人经历这次地震后，最看中的是亲情和邻里之间的友情，主动拒绝建那种家家当街有门面的房子，而是要建内敛而幽静的四合院，这样更能体现他们内心追求的祥和、宁静与和睦。他们自由地组合起来，有单家独户的，也有两家合在一起的，或三四家集中在一块的。每一座四合院，外面都有一个朝门，开着门是两家、三家或四家，关起朝门，俨然变成了一个大家庭。

我在甘家寨时喜欢它的幽静和安宁，里面弥漫着江南的婉约韵味。走访社区群众时，我去过甘瑞淋家开的“思雅休闲餐吧”。进入院子里，扑面而来的是小桥流水的韵味，一座喷泉坐落在院子的角落，哗哗的水流声回响在院中，三角梅和其他花卉顺着墙根生长，上面绽开各色的花，院子里和屋内挂着古色古香的灯，仿若身临江南的小宅。他们家里不仅提供农家小炒，还有红酒、白酒、茶水等。坐在院子中央的那张桌子旁，喝一杯清香的茶，再翻翻书，可真是最惬意不过的一件事了。通过交流，得知他们还在原甘家寨村子下面开了一家饭馆，蔬菜自己栽种，鸡也在那里养殖，那里的环境也非常好。

甘家寨的人可以回到龙头山了，这让他们之前悬着的心终于落了下来，心情也舒畅了起来，开始对新生活有了向往。人，一旦有了对生活的憧憬和目标，也就有了前进的动力，这动力使他们没有时间再缠绵于不幸的痛苦，而是积极参与到创造幸福生活的行动中。

杨国荣说："地震前，我们甘家寨有 60 多户人家 270 口人，其中遇难 52 人。后来重建家园时，政府要求，只要有事实婚姻，都必须独立出去，这样我们的户数就变成了 89 户。加上新娶的媳妇、新出生的婴儿，甘家寨村民小组的人口达到了 255 人。我家也分成了两户，大儿子和儿媳妇被分出去了。"

政府将 9 号地给了甘家寨人，不久村民住的漂亮的楼房将会在那里拔地而起。为了保证工程质量，为了让甘家寨的人放心，灾后重建指挥部从甘家寨村民小组里推选出 6 名工程质量监督员，让他们轮流到工地上检查工程质量。杨国荣就是其中的一名。

那天杨国荣起得特别早，帐篷外面一片鸟的啁啾声，他的心情非常好，这是他第一次到工地上当监工。他囫囵吃了早饭，拿起抹布去擦电瓶车。等他再次进来时，老婆劈头就问：“那地方是骡马口社区的最中心吗？”

杨国荣犹豫了一下，知道她问的是甘家寨重建的地方，于是回答道：“政府说的话哪会有假。”

“房子会盖成什么样子？”老婆紧接着又问。她戴着一顶粉红色的帽子，腰间系着围裙，身体矮小，但很结实。

“肯定是钢筋水泥的楼房，这样再也不用担心地震了。”他说出这话时心里很舒服。之前在甘家寨时，他们住的是土坯房子，过年时一家20多口挤在一起，吃水要去挑，家里也没有茅房。现在新建的可是楼房啊，里面不仅有卫生间，自来水都通到厨房里了，这些以前想都不敢想。

他的老婆怔在那里，好像一直在想象着那洋楼会是个什么样子。屋里的小孩叽叽喳喳起来，老婆这才回过神来，开始数落小孩了。

杨国荣往兜里装上香烟，脑袋里也真的想象不出那房子建成后会是个什么样子。但是此刻，他有些兴奋，全甘家寨的人都是这样一种心境吧。

骑上电动车要去安置点时，他遇到了几个甘家寨人。他们拦住他，打探工地上建房的事情。跟他们说地基刚整完，房子还没有立起来时，他们的眼睛里满是失望。杨国荣心想，这些人都比他还着急，幸福的时刻有时是需要耐心等待的。

他丢下他们，骑着电动车行驶在平坦的公路上。道路上满载建筑材料的汽车，一辆接一辆地从他身旁驶过，望着车厢里装的钢筋、水泥、砖块、管子，他莫名地感到很亲切。马路对面一辆辆空车轰鸣着往回飞驶，它们已经把材料全部卸载完了。

他的电动车已经驶到山脚下，开始慢慢地向坡顶开去。

杨国荣把电动车停在垭口能俯瞰到龙头山新镇建设的地方。他放眼望去，下面的平坝上各种机械轰鸣着，一个个吊车的长臂伸得高高的，戴着红色安全帽的人在工地上奔忙，一根根钢筋从地里直刺向空中，一派热火朝天的建设场面。现在虽然看不清全貌，但他知道建设完工后，这里将会变成一个规模很大的城镇。杨国荣望着那如火如荼的建设场景，眼睛莫名湿润了起来。要不了多久，他们甘家寨人也会和城里人一样，住在整齐干净的街道上，每天去接送小孩上下课。唉，以前在甘家寨时，那些学生娃早上6点多就得起床，再走一个多小时的山路，才能走到学校。晚上到家时天色已暗，匆匆地扒拉几口饭，就在灯光下伏在桌子上赶写作业。今后，这些娃娃再不用遭这种罪了，学校建在镇上，走个几分钟就能到。在他这样遐想的时候，有好多辆拉着建筑材料的大车从他身后驶过。他知道现在不仅龙头山新镇在建设中，火德红、新店子、巧家包谷垴等都在重建中。

杨国荣从兜里拿出一支烟点燃，吐出一圈烟雾，眼睛却盯着工地上作业的机械，心里美滋滋的。

他把烟蒂掐灭，重新骑上电动车顺着下坡的道路，向施工工地飞驶过去。

龙头山镇古时称朱提山，八宝村乐马厂是历史上的产银盛地。现在乐马厂一带依然能找得到官方银厂的遗迹。层叠垒砌的石阶上，石狮、石猴、石鼓依稀可见，那时种植的桂树如今高拔如盖。龙头山镇是历史上著名的白银产地，也是南丝绸之路的古驿站，它创造出了灿烂的朱提银文化。我在龙头山镇参观了“朱提银文化展览馆”，在那里了解到朱提银清晰的历史脉络。龙头山朱提银的开采，始于春秋战国时期，兴盛于两汉，其最鼎盛时期在明清。清嘉庆年间，龙头山云集了来自全国各地的10万多人，他们进矿洞开采挖掘朱提银，设立了漫山遍野的冶炼厂。那时龙头山镇所在的地方常住人口就达2万多，他们在这里开饭馆、客栈、商铺、酒馆，中原、湖广、江浙风格的建筑鳞次栉比，热闹非凡。当时这里设有八大会馆，13个省市的人在这里开采朱提银。朱提银的开采带动了当地的经济发展和文化交融，当时，昭通一跃成为云南的第二大城市。那时，云南每年给朝廷提供上乘滇金1万两和朱提银100万两，铜、铅、锌几十万斤。唐宋八大家之首的韩愈曾写道：“我有双饮盏，其银得朱提。”可见韩愈对朱提银是多么喜爱。蒲松龄对朱提银也情有独钟，在《柳泉居士词稿手记》中的《金菊对芙蓉》里这样写道：“倘上方见帝，幸代陈词，仓箱讨得千种粟，从空堕、万铤朱提。”正因朱提银的品质极好、纯度极高，朝廷规定，它与其他地方产的银子兑换比率是1:1.5。那时的许多典籍，把鲁甸描绘为遍地是银子的好地方。

后来，朱提银的开采冶炼慢慢地冷落，直至消失。但这并不是因为矿源枯竭，而是由开采成本的不断攀升、上层的剥削、矿山的垮塌、战争与动乱导致的。龙头山古镇也开始萧条起来，各地拥来的淘金者、工匠、商贾选择了离开，也有很多人留了下来，他们在这里娶妻生子，繁衍后代，多种文化在这里碰撞交融，在龙头山孕育出底蕴丰厚而独具特色的文化。

几百年前龙头山镇开采冶炼朱提银时，周围的环境遭到了严重的破坏，而今它能否重现昔日的繁华，变得山清水秀？这是所有龙头山人的希望，他们渴盼重建结束之日，也是龙头山振翅腾飞的时刻。

杨国荣心里也在绘织着甘家寨的未来，他们以往靠种植蔬菜过日子，可是地震让 1700 多万方的土石滑落下来，甘家寨最好的菜地全部被掩埋，再也不能像以往一样靠种植蔬菜致富了。还有一条路就是外出打工，可这是年轻人的事情，像他们这些上了年纪的人，只能在社里做些事情。今后的日子该怎么过？这个问题随着甘家寨重建房的拔地而起在他头脑里盘桓。每次到工地监工，随着工程的进展，心里对未来日子的盼头愈加强烈的同时，也隐隐感到生活的无着落。这种希望与失望并不仅仅杨国荣有，其他人也有今后生计带来的压力。

有一次，杨国荣从工地返回时，遇到了在工地打工的张元顶。他一身的灰尘，那顶掉了色的蓝布帽子压到眉骨上。

“收工了？”杨国荣把电动车停在张元顶身边问。

“晚上还要加班，先赶去吃口饭。”张元顶黧黑的脸上现出一丝疲惫。

杨国荣从兜里掏出烟盒，递给他一支烟，点燃了打火机。他们两个吐出一缕烟雾。身旁有许多建筑工人匆匆而过。

“日子会越过越好的。”杨国荣一手扶着电动车的把手说。

“现在地种不了，那几棵花椒树也挣不到多少钱，只能打工了。”张元顶有些无奈地说。他把帽子摘下来，往下抖了几下，上面的小粒灰尘掉了下去。

“以后再多栽一些花椒树苗，能挣到钱的。”杨国荣鼓励他。这次地震，张元顶失去了 3 个闺女，他的哥哥和哥哥的小孩也离开了他们，这对他打击极大，有一阵消沉得都不愿跟人多说话。张元顶女儿读书时，为供女儿学费和生活费，他每年跑到昆明打工，拼命地干活，舍不得吃，舍不得穿，有时一年里只回来十几天。可惜 3 个女儿在地震中被埋，他的心那一刻也碎裂了。

“我只能打打工，挣点钱养活家人。”张元顶说完，吐出最后一缕烟，脸上还是有些无奈和疲累。

“家里需要带话过去吗？”杨国荣问。

“不用了。”张元顶戴上帽子，转身把背影丢给了杨国荣。

“看到我们的新房子了吧，不久就能住进去了！”杨国荣喊。

张元顶没有回头，他与其他建筑工人混在了一起向前走去。望着张元顶的背影，杨国荣有些伤感，张元顶家现在唯一能指望的就剩他了，活着的两个小孩都很小，他的媳妇除了干家务，还要照顾这两个小孩，外出挣钱养家的担子落在他的肩头上。

杨国荣掐灭烟，骑上电动车驶离了建筑工地。

这天回到小寨安置点后，他没有顾得上吃饭，先跑到李勤巧老人的帐篷里，向她讲述甘家寨重建的进度情况。李勤巧老人安静地坐在凳子上，当她听到有可能年底就能搬进新居时，突然眼眶湿润，两行泪水顺着脸颊滑落下来。杨国荣看到这一幕，打住话没有再说什么。李勤巧的儿子见状插话进来:“有政府帮着我们,没有什么可担心的。”李勤巧老人长长地叹了一口气。帐篷里一下变得很安静。

杨国荣看到帐篷的窗户上还有夕阳的余晖,床铺被收拾得干干净净,一角的桌子上碗筷垒叠着。杨国荣本想让李勤巧老人高兴一下,但没有想到勾起了老人对故去亲人的怀念。安慰老人几句后,杨国荣起身走出了她的帐篷。

时间已是 9 月底了,2014 年中秋时的那些个场景又浮现在他的脑海里,他只能寄希望于时间来医治甘家寨人内心的创伤。

地震时,杨国荣家里没有人伤亡,孩子们都在外地工作,那天他们两口子到山上采摘花椒,才躲过了这一劫难。但他的 4 个兄弟中有一个遇难了,留下了 3 个女儿,现在由他们 3 个兄弟各自照看一个。为了不使小孩的心灵受到创伤,他们夫妻俩可没有少操心。小女孩也很争气,性格开朗,落落大方,视他们为最亲的人。

杨国荣穿过其他人的帐篷时,有人跟他打招呼,也有人让他停下来,问一些事情。

在甘家寨,像李勤巧、邹体富这样的老人,地震给他们造成的伤害最深,他们很难从伤痛的阴影中走出来。中年人、青年人经过一年时间,慢慢地医治好心灵的创伤,开始为即将到来的新生活进行筹划。也许,年轻人肩负着养家糊口的责任,只能投身于劳动中,把自己的精力分散出去,同时也消解心中的伤痛。杨国荣这样想着走到了自家的帐篷前。他听到老婆收拾碗筷的声音,还听到她在说:“连饭都不回来吃,真是能耐了!”

杨国荣听到老婆这样说他，并没有生气，只是很无奈地苦笑了一下，转过身向着安置点门口走去。

国庆长假期间，龙头山镇的重建工作一刻都没有停止，工地上依然人头攒动，机械轰鸣，一派繁忙的景象。一个规模很大的城镇雏形赫然显现在人们的眼前，笔直的黑色柏油路贯穿其间，道路纵横交错。甘家寨的人陆陆续续跑到龙头山新镇来看，他们惊叹于小镇的规模和建设速度，得知卫生院、学校、幼儿园样样齐全时，他们感觉自己将要过上另外一种生活了。再看到甘家寨新房子一排排地伫立在那里时，都激动地冲进房里，仔细查看，拾级而上，从楼上的窗户望着远处的景色。那种发自内心的喜悦绽放在他们的脸上。

“这房子什么时候能完工？”有人急切地问。

“还没有刮灰、上门窗，早着呢。”

“听说院子里还要种草种树，那样这里会变得很漂亮。”

…………

甘家寨的人穿梭在还没有完全竣工的房子之间，内心的喜悦无法用语言表达。这样结构、内置的房子，他们未曾想象过，这完全超出了他们的预期。每个看过房子的人，回到小寨后谈论的话题就是新房子和何时搬家。

小寨安置点里的气氛开始活跃了起来，人们的心里有了更多的期盼，他们准备着和城镇里的人一样，开始过一种全新的生活。

甘家寨人没有想到的是，为了使龙头山镇的重建工程能保质保量地如期完成，各级党政干部、包保人员、工程技术人员和劳动者为此付出了艰辛的努力，做出了巨大的牺牲，从而实现了习近平总书记提出的救援好、安置好、重建好的厚望和嘱托。这一年多的奋战中，涌现出许多优秀的党员干部，他们在平凡的岗位上做出了许多不平凡的贡献。正因有了他们，灾后重建工作才能稳步而坚定地向前推进。2016 年春节前，龙头山镇有 15744 户重建全部完成，其中翠屏 76 户，新民 34 户，光明村、新街子 312 户，沙坝回龙湾 172 户，营盘 100 多户，八宝村利台上 80 多户，光明村张家梁子和龙头山集中安置点 2000 多户。这年的春节前，所有受灾群众欢天喜地地搬进了新居，过上了愉快、安详的春节，这也标志着他们安居乐业的开始。

采访时，杨国荣说："2015 年 12 月 20 日，甘家寨的重建房全部竣工完成，县委组织部，龙头山镇党委、政府和小寨镇党委、政府着手安排甘家寨受灾群众的搬迁事宜。"

过完冬至，就要从小寨搬走了，那夜，甘家寨所有人的心里有些伤感和不舍，毕竟一年多来与小寨人相处得很融洽，小寨人像亲人一样对待甘家寨人。还有黄建荣，这一年多的时间里不知损失了多少经济收入。特别是小寨镇党委和政府，给了甘家寨人很多的帮助与支援。想到这些，他们感到温暖的同时，心里沉甸甸的。他们看着收拾停当的东西，回想着这一年多来的各种经历。

外面天色已暗，一轮上弦月升上天空，天气将会渐渐地转冷，但甘家寨人的心里永远都是温暖的。他们想着这世间有这么多的人，对他们伸出援助的手，陪伴他们度过了最艰难的时刻。

杨国荣坐在床沿上，突然想起了什么事，噌地从床铺上滑下来，径直往帐篷外走去。老婆抬起头问："要去哪里？"

"去邹体富老人那里，不知那件事他们办得怎么样了。"杨国荣边说边走出了帐篷。

一走进这夜色里，他身上马上感到了冷意。他看到所有的帐篷亮着灯，也看到几个人站在帐篷边交谈着。不远处还传来小孩子们玩耍的声音。杨国荣径直向邹体富老人的帐篷走去，掀开门帘一进去，看到除了邹体富老两口，还有邹家荣和邹家荣的儿子在家。

"二老收拾停当了吗？"杨国荣关切地看着邹体富老人。

"都收拾好了！"邹家荣替父亲回答道。

杨国荣看到几袋扎好口的麻袋放在帐篷一角，邹家荣和他儿子正往包里塞衣服。看到他们正忙着，杨国荣就问："那横幅做好了吗？我担心一忙，你们给忘记了呢！"

"不会的！从上午起，我就催着他们去弄了。"邹体富老人这样回答。看老人的状态，今天他的心情很不错，那双忧郁的眼睛也明亮了许多。

"我把横幅装在了包里，到时方便取出来。你要看一下吗？"邹家荣问道。

"不用看，做好了就行！"杨国荣说着笑出了声。他的笑声也感染了其他的人，他们也绽开了笑容。

多难得的笑啊！

邹体富老人地震以后第二次有了笑容：第一次是见到习近平总书记的时候，第二次是在即将搬离小寨的冬至晚上。他和老伴被山体滑坡冲下来时，心灵经受了怎样的惊恐，现在我们无法揣测。但那次生死的经历让邹体富老人变得沉默寡言，不愿与人交流，整天坐在帐篷里。

看到邹体富老人把横幅做好了，东西也收拾得差不多了，这里无须帮忙后，杨国荣就跟两位老人告了别。

回到自家帐篷里时，老婆和孩子们都已躺下，他脱下衣服躺进被窝。

杨国荣无法入睡，往事一幕幕地在脑海里闪现，即使睁开眼睛也无法将他们从脑海里驱离。月色笼罩在他们的帐篷上，隔着一层棉布，他都能感受到月光对他们的不舍，就像小寨人深情的挽留。他听到侄女翻转身体时弄出的声响，由此想到了死去的兄弟，热泪从眼角滴落下来，顷刻间变得冰凉。如果兄弟没有去世，这三个小女孩就不会经历失去父母的痛苦，心里不会觉得无依无靠。她们年纪轻轻，经历的磨难太深重了。他不由自主地侧过身去，叹了口气……

2015 年 12 月 23 日，天边刚露出鱼肚白时，甘家寨人已经醒了，想到今天要搬进新居，嘴角挂上了幸福的微笑。远处传来了鸡鸣声，打断了这种幸福的遐想，他们起床把剩余的东西拾掇好，将打包好的东西一件件地搬到帐篷门口。甘家寨的人站在树木葱茏的农家乐院子里，不顾清晨的寒冷，等待接他们的车子到来。

他们等来了晨曦从山脊喷薄而出，等来了小寨人民的热情相送，等来了小寨镇党委、政府领导的隆重欢送和祝福。

龙头山镇党委和政府为了让甘家寨人一回到重建家园的新

居就能感受到家的温暖,感受到组织对灾区人民的关爱,感受到龙头山人民的深情厚谊,特拿出10000元,请骡马口社区为甘家寨人准备丰盛的晚宴。为了这次晚宴,骡马口社区的人们聚拢在一起,商讨怎样才能使甘家寨受灾群众体会到家的感觉。

骡马口社区的村民都知道,甘家寨是这次受灾最严重的村子,地震后又不停地辗转,搬了多次家,现在他们就要回到安置点的新居安定下来,过安居乐业的新生活,如何让他们感受到回家的温暖,大伙众说纷纭。一位见多识广的老人提了一个建议。他说:"我们这边有一个流传很久的习俗,乔迁新居的时候,给搬进新家的人送燃着的炭火和煮熟的饭,它预示这一家今后衣食不断,安居乐业。再就是做一桌热乎乎的'八大碗',让乔迁的人感受家的温馨。"老人的提议被人们接受了,他们决定就按传统的方法来迎接甘家寨的受灾群众。

其实,骡马口社区这次地震受灾也较严重,那里的人们也遭遇了房屋坍塌、亲人遇难,但他们安置时没有离开过龙头山,所以他们觉得自己已经很幸运了,应该为遭受更多磨难的甘家寨人尽一份心。在甘家寨人等待接送时,骡马口社区的人们开始买菜,搭灶,准备桌椅碗筷,忙忙碌碌地筹备起来。

20辆大巴和中巴,浩浩荡荡地驶到了小寨,停在了临时安置点的大门口。这些车是龙头山镇党委、政府和市县派往灾区帮扶的队员们包租的,它们要送甘家寨的受灾群众回到他们魂牵梦萦的龙头山去。

甘家寨受灾群众看到车子到来,兴奋地跑向大门口,有人甚至情不自禁地喊:“来了,车子来了！”

邹体富老人望着往门口跑去的人们的背影，嘴唇微微颤抖，眼睛被泪水模糊。这位70多岁的老人靠在一棵树下,想到终于可以回到故土。邹家荣站在他身旁,此刻大颗大颗的泪珠从脸颊上无声地落下来。

人们按照安排的顺序装东西上车,小寨的人们来来回回地帮他们搬东西。

甘家寨的受灾群众上车后，小寨人围在车子周围等待汽车启动。

当车子缓缓驶离,小寨的人们使劲地挥动双手。小寨人这是给他们送行,更是对他们未来日子的祝福,甚至有人跟着车子一起往前跑。车内的甘家寨人眼睛湿润,隔着窗玻璃向外挥着手,有人哭了起来,用双手将脸掩住。

车子离小寨越来越远了,车内一片寂静。周围的景色从车窗旁向后退去,远处的房舍跃入眼帘,马上又消失。这条宽阔的道路将甘家寨人引向挚爱的故土,引向美好的未来。

车内的甘家寨人随着车程的缩短,难以抑制地激动起来。

快到家了！快到家了！

汽车朝龙头山飞驰，一座崭新的城镇就矗立在龙泉河旁边，他们望见后心潮澎湃。汽车蜿蜒向下,穿过街区驶向了甘家寨重建新居点。

甘家寨人走下车子,望着道路两旁栽种的树,路灯整齐地排列,每栋房子青瓦白墙。他们看着这些,都忘了要从车上取下东西。

“把横幅挂起来吧！”杨国荣凑近邹家荣说。

邹体富老两口的房前挂上了一条横幅，上面写着：“总书记我们搬家了！”

甘家寨的受灾群众站在这个横幅前，想起了习近平总书记到小寨安置点时的情景，想起了到他们的帐篷里来的那一幕，想起了习总书记挥手跟他们告别的那一刻，热泪盈眶。他们想跟习总书记说：“感谢习总书记，我们已经住进了新家！请习总书记放心，我们的日子会过得更好！”

人们从车上卸下东西，扛着行李进入各自家门。堂屋中央的饭桌上摆着烧白、蒸肉、酥肉、墩子、大刀圆子、凉拼盘、三鲜汤、八宝饭等，热气腾腾，香味飘满屋子，旁边还有一壶苞谷酒。望着这一桌丰盛的筵席，甘家寨人一阵酸楚，掉下了眼泪。他们喜极而泣，这一年里他们经历了太多的感动。

鲁甸县委书记和县长、恢复重建指挥长、龙头山镇的党政负责人、骡马口社区的领导参加了甘家寨受灾群众乔迁新居的筵席。邹家荣事后回忆起这次筵席时说：“那天非常温馨。所有领导挨家挨户地陪同，一起吃了这顿搬家饭，让我们感到很温暖！”

那天傍晚，搬进新家的每个甘家寨人，再次感受到了党和政府对他们的关心，感受到了骡马口社区群众对他们的关爱。这个筵席让他们的心安定了下来，让他们有了归宿感。每家都传来了发自内心的欢笑声，这笑声飘荡在这祥和的甘家寨新居里。

领导们回去后，微醺的杨国荣望着围坐一桌的儿孙，心头涌上一阵喜悦。为了这次乔迁，儿女们不远万里赶回到龙头山，一家人和和睦睦地坐在一起吃饭，这就是幸福啊！他给自己斟满一杯酒，酒香四溢，他相信，今后日子也会像这杯酒，越过越醇香。

他的老婆和女儿们开始收拾桌子上的碗筷，兴奋使杨国荣没有休息的想法，他要到外面转悠一圈，看看甘家寨人此刻在干些什么。

他走出房门，再推开那扇小朝门，路灯映照着笔直的道路。杨国荣手剪在背后，顺着道路往里走。道路两旁的一扇扇朝门都紧闭着，格子窗里灯光明亮，偶尔还传来几声愉快的笑声，听着心里非常舒服。

“总书记我们搬家了！”这条横幅依然挂在邹体富老两口的房门前。

屋里灯光明亮，小孩的嬉戏声从屋里飘出来，这是邹体富老人的孙子们发出的声音。

时间会医治好他们心灵受到的创伤。

杨国荣已经走到了甘家寨新居的另一头。

他拿出一支烟点燃，放眼望去，突然想到这跟以前电视里看到的那些国外别墅有啥区别啊！这一想把自己给笑出了声，爽朗的笑声飘荡在甘家寨新居的上空。

这是希望的笑声，是幸福的笑声，是感恩的笑声……

四、日子

甘家寨重建，行政隶属于骡马口社区，杨国荣成为甘家寨社的社长。他们夫妻俩有 3 个儿子和 3 个女儿，加上儿媳妇、姑爷、孙子，过年过节时会有 20 多口人，但现在家里只有五口人。他的大儿子和儿媳妇在福建打工，大女儿在铁路工作，二女儿和姑爷跟人合资在昆明开了一家水果店，最小的儿子也在外面当厨师，一家人的生计是没有问题的。作为社长，他有义务给社里的人带个头，只是一时半会儿想不起要做什么。

搬到甘家寨也已经有 20 多天，甘家寨人把家里收拾得也差不多了，心也该安定下来了。杨国荣跟邹家荣、张元山等人商量，要开甘家寨社全体人员会议。那天除了外出打工的人，所有人参加了这次会议。甘家寨支部活动室里挤满了人，他们小声议论这个会要说些什么内容。

会议开始了，杨国荣跟社里的人说："我们搬到这里也有一段时间了，现在终于可以安下心来过日子了。地震让我们变得一无所有，国家和政府没有放弃我们，安排我们的吃住，又给我们盖了新房子。我们不能再给国家和政府增加负担，要靠自己的双手养活自己，要给甘家寨争脸……"

他说完，人们纷纷议论了起来，都在说国家和政府对甘家寨人已经关怀备至了，现在可以通过外出打工来养活自己。有人突然提出，习近平总书记和李克强总理都来过龙头山，我们为何不给习总书记写封信，告诉习总书记甘家寨人现在已经安居乐业了。这个建议一提出来，所有人同意这样做，请习总书记放心。

会议结束后，甘家寨支部活动室里只剩下张元山、邹家荣、邹嘉贵和杨国荣，只有杨国荣不是党员。甘家寨人目前能想出的致富途径很单一，像甘家寨原来那样大面积种植花椒也是不可能了。这让甘家寨的3名党员和社长一时找不到对策，他们只能说缓一缓再看。但给习近平总书记写信是不能耽搁的，最后这一任务落到了社长杨国荣的身上。

那天下午，杨国荣把信纸铺在堂屋的茶几上，手握水笔写了撕，撕了写，丢弃的纸有十多张，临近傍晚时他总算写好了下面这封信。

尊敬的习总书记：

您好！

2015年1月19日，您来到我们甘家寨安置点帐篷里看望我们，让我们灾区群众心里热乎乎的，给了我们信心和希望。一年来，我们甘家寨的群众都很想念您，大家聚在一起，委托我代笔给您写信，向您汇报，在党中央、国务院、各级党委政府和社会爱心人士的关心帮助下，我们甘家寨又在新的地方建起来了，房子漂亮了，人口增加了，日子有奔头了。

地震中滑坡导致我们甘家寨房屋全部被埋，270人中52人失去生命。如今，新的甘家寨已在龙头山集镇最好的地块连片建起，学校、医院、市场都在我们家门口。政府帮助我们解决了水、电、路这些设施，我们89户都得到国家5万元的建房补助款和2万多元爱心资助，帮我们解决了大问题，每户都建起了两三层漂亮新家。重建后，我们大家庭又壮大了，娶进了3个媳妇，新添了7个婴儿。

总书记，请您放心！您去年看望过的失去24名亲人的李勤巧老人，已经从痛苦中慢慢走出来，她和大儿子家合建了200多平方米的小庭院。她在家带着3个孙子，大儿子在外打工，小儿子被爱心企业送到了北师大附属实验中学学习。她现在最大的心愿是希望子孙都成为对国家有用的人，报答国家。地震中失去了3个孩子的张元顶、杨凤家也建起了146.8平方米的两层半小洋楼，客厅里挂上了去年他们一家4口人和您的合影。搬进新家后，寨子里家家户户都在客厅里挂上了去年您来灾区和我们在一起的照片，您给我们说的每一句话都装在乡亲们的心里，大家都感到很温暖，都巴心巴肝地感受到共产党好，社会主义好。按照市里县里提出的"精准脱贫一看房，二看粮，三看家中有没有读书郎，四看劳动力素质强不强，五看村容村貌怎么样"的六看标准，现在房子已经很好了，但收入不高。目前寨子里幸存的青壮年劳动力中有89人常在外面搞建筑，修车做生意，还有100人在附近打工。在恢复重建和脱贫攻坚过程中，我们甘家寨会继续发挥能工巧匠多的优势，组织大家学习技术，提高劳动技能，通过外出的务工和创业、就业等多种形式挣钱，让大家过上好日子。

总书记，我们真的很想念您，乡亲们都盼着您百忙中抽空再来新甘家寨看看。

祝总书记身体健康，工作顺利！

云南鲁甸地震灾区甘家寨全体村民

代笔人：杨国荣

2016年1月12日

杨国荣再次召集在家的所有村民，将写好的信念了一遍，问大家有什么需要补充或修改的。大伙说已经表达了他们的想法，没有意见。只是有人担心，这封信寄过去后，总书记能收得到吗？杨国荣笑了，群众给党的总书记写信，为什么收不到呢！邹家荣也在一旁咧嘴笑。他们都相信这封信一定能收到的。

慎重起见，杨国荣搭车到鲁甸县城寄。寄完信，在返程的路上他突然忐忑不安起来，想着总书记要为整个国家的前途着想，每天都有忙不完的事要处理，这封信即使收到了，也不可能有时间看，更不可能给他写回信。想到这里，他的心里不免有些失落和伤感，他是多么期盼有封回信，好给村民们一个交代啊！

没有想到的是，寄信后的第12天，他接到了中共中央办公厅打来的电话，告诉他写给总书记的信已经收到，内容总书记已经知道了，希望甘家寨人过上富裕文明的新生活。杨国荣接完电话，全身热血沸腾，难掩喜悦之情。他跑到邹家荣家把这喜讯告诉他，又跑到其他村民家中把消息送达他们那里。甘家寨的人非常兴奋，他们逢人便说："习总书记派人给我们打来了电话！"

这消息在龙头山传开了，人们知道习近平总书记依然惦记着灾区的人民，还在为他们脱贫奔小康的事情牵肠挂肚。

灾区人民在心里给自己鼓劲，一定要勤劳致富，让党和政府放心。

2016 年的春节已经近在咫尺，甘家寨人又收到了政府送来的大米和食用油，鲁甸县红十字会给每家送来一套炊具，还给大学生和孤儿们发放了压岁钱。

春节那一天，省委书记带领各级领导来到甘家寨，与甘家寨人一同共度新春。

自地震到现在已经过去了近一年半，杨国荣目睹了党和政府一切为了人民的做事原则，知道共产党是代表最广大人民利益的，他希望自己也能成为其中的一分子，为甘家寨的村民好好服务。杨国荣心里有了这个奋斗目标，不断完善和提高自己，等觉得自己各个方面已经合格时，向组织申请加入中国共产党。

他向社里的其他党员靠拢，从他们身上学习更多的东西。杨国荣到镇里开会时，经常会把邹家荣叫上，开完会需要做一些决定时，都会听取邹家荣的意见。

虽然邹家荣年纪比他小，但杨国荣认为邹家荣为人处世不张扬，是一名老党员，而且他看问题的视野比社里的其他人要开阔。

邹家荣是邹体富老人的大儿子，这次地震中，邹家荣失去了弟媳妇和最疼爱的小儿子，邹姓家族 7 位亲人遇难了。遭受这样的打击，人容易意志消沉，精神萎靡。但邹家荣没有消沉下去，地震发生的第一时间，他从天生桥赶回来，参与到寻找被埋人员的救援行动中；扶着伤员赶往天生桥时，他又是最积极和勇敢的一个人；晚上他们搭起车篷，让甘家寨人休息时，他彻夜未眠，担心余震再次伤及甘家寨的人……

被安置在小寨农家乐后，他离开安置点，孑然一身回到了震后的甘家寨。

邹家荣和我并排站在荒草丛生的甘家寨坡顶上，他徐徐地给我讲述了当时的整个经过。

地震发生不久，建在甘家寨的电机站的机器没有人看管，电厂到处找人，也没有人愿意过去。于是，他们通过关系问到了小寨甘家寨临时安置点。因为地震和亲人的失去，人们不愿意再回甘家寨。邹家荣经过考虑，觉得待在安置点也没有多少事可以做，听说去那边守机站，每月还发一份工资。经过地震，他们什么都没有了，如果能够存一点钱，今后对家里肯定有帮助。另外，他的小儿子就掩埋在那里，他过去了，每天能陪陪儿子。基于这样的考虑，他答应去守机站。

走之前，他用政府发的补助，买了一只小羊，带上口粮和锅碗，离开小寨安置点，到了甘家寨。看到满坡的乱石岗，他的眼眶里蓄满了泪水，道路虽然抢修过，但上面还是遗落了很多石块。他赶着那只羊，走进了机站旁边的那间屋子。

机站的机器都完好，他就坐在屋门口，望着甘家寨的方向。

不久前，那里还是一派盎然生机，菜地里的菜绿油油的，山上的花椒树结满了果实。甘家寨人满心欢喜地等待收获时，一切被灾害无情地剥夺了。他眼中的甘家寨被泪水模糊，胸口一阵剧痛。邹家荣用手顶着疼痛处，眼睛紧紧地闭上。

夕阳落山前，他带着那只小羊走到被掩埋的自家房子前坐了很久。邹家荣在心里轻轻呼唤儿子的名字，告诉他不要害怕，不要伤心，自己会在这里守护着他。

牛栏江早已疏浚，此刻它发出轻柔的流淌声，谷地里晚风夹杂了一丝的凉意。

邹家荣心里悲痛不已，但他知道不能在儿子跟前垂泪，儿子才上6年级，才11岁啊！

天色已暗，他赶着羊一前一后地向着机站走去。

他对小儿子爱得极深，对他的关怀和呵护比其他两个小孩都要多。但想不到小儿子年纪这么小就夭折了，最后遗体都没有找到。

这可能是他最大的伤痛，当经受这一切的时候，邹家荣的心像插了一把刀一样，血在不断地滴落。他不能倒下，上面还有父亲和母亲，他们都是刚从死亡的边缘逃脱出来的人，不能再让他们遭受重击。邹家荣就是这样挺过来的，为了家庭，为了亲人，他不能放弃。

那天夜里，他做了一个梦，他与小儿子重聚了。小儿子没有忧伤、痛苦，跟往常一样的快乐和可爱。那晚他睡得很沉，第二天是被屋里的羊吵醒的。

从那天开始，他的心情好了许多，梦境中儿子的笑容印刻在了脑海里。

他先去查看机站里的机器，然后带着小羊到自家的屋子跟前，等待太阳从山脊上升起来。当阳光把河谷照得一片金光时，他起身往甘家寨走去。

他到山上看村民们种植的花椒树，断了枝丫的帮着扯掉，需要填土的弄些土倒进去。他对花椒树有种深深的感激之情，它就是救命树，如果那天甘家寨人没到山上采摘，不知将会有多少人被掩埋在房子里。现在花椒树只剩下高处和村边的那么一点了。

邹家荣转累了，就坐在山坡上，望着下面的甘家寨。小羊在附近吃着草，偶尔抬头，用那双纯净的眼睛惊奇地四下张望。以前甘家寨人整理的平坝上有绿色蓬勃绽放，那是他们希望的田野，是他们致富奔小康的底气。现在都没有了，野草覆盖了这一切，今后的日子该怎样过呢？

就这样，邹家荣每天先到自家被掩埋的房子前陪伴小儿子，等到太阳升起，到山上转悠一圈。中午吃过饭休息一会儿，傍晚再到自家房子前，陪着小儿子等待夜幕降临。

邹家荣内心的伤痛有了些缓解，同时对今后的生活又多了份担心。

天气逐渐地转冷，并下起了冻雨。等雨停下，天空微微放晴之时，十几个人扛着测量仪器来到了甘家寨。邹家荣赶紧跑过去跟他们打探是来做什么的。

来人很惊讶，没有想到这里还有人居住。知道他是守机站的人后，他们告诉他："我们是来测量的。"

他们循着山路散开，用仪器上上下下地测量，还在本子上做了许多记录。

他们忙活了多半天，邹家荣坐在一块坡地上守了他们多半天。

等他们下山准备顺着路回去时，他问："测量是用来做什么的？"

"测量地震以后这里受到的破坏情况。"说完，他们向前走了。

邹家荣想，他们是在为重建做准备吧！他高兴了起来，想着可以搬回这里，开始新的生活。

天气转冷，一想到甘家寨又能重新建起来时，他的内心一片晴朗。

春节之后，又来了一拨人，像先前一样从山头到山脚仔仔细细地测量着。邹家荣坐在一旁看他们忙乎。

其中一位老者走过来，站在他的旁边说："地震强度太大了，一下垮塌了1700多万方的土石，环境已经不适宜人居住了。"

邹家荣有些不相信，仰着头问："人在这里不能过日子？"

"就是！这里的土质决定的。"那位老者目不转睛地盯着上面的测量队员说。

邹家荣迫不及待地问："那这里的村民怎么办？"

"你说的是甘家寨的受灾群众吧！放心，政府会安置的。"老者说完，径直向前走了。他是第一个知道甘家寨人不能回到这里的人。邹家荣起身从山上往下走去。他听到山上有人在喊："往左边走一点，再往左一点！"

邹家荣的羊已经长大了，而且很通人性。邹家荣走到哪里，它就跟到哪里，有时候邹家荣也把心里话说给它，它瞪着眼睛听他说。

有一天，邹家荣的老婆托人送东西，那人告诉他，甘家寨人要被安置在龙头山新镇里。邹家荣这才想起自己离开小寨安置点已经半年多了，再坚持几个月，回去时有一笔可观的收入，今后重建家园可以派上用场。

邹家荣离开机站回到小寨安置点时，除了每月电厂给的工资，那只羊也卖了好多钱。

等到正式搬到甘家寨新居后，他一直关注着新镇周围的人们。在街边开饭馆、客栈、商店的人很多，但以家庭餐饮形式开饭馆的还没有，他想，只要环境舒服，饭菜可口，肯定会吸引很多客人。邹家荣有了打算后，并没有马上告诉家人。他前后仔细查看和规划了家里的房子，看能摆放几张桌子，等一切了然于胸时，他才跟家里人商量开家庭饭馆的事。

家里人也没有太多的反对声，只是担心开张后，没有人来。

“不试一试，怎么知道没有人来呢！再说，我是一名党员，应该做点事来，让村民看看，做好了他们也会跟着动起来。如果没做好，也是替所有人买个教训，到时候再做其他打算。”邹家荣说。

他的儿子说：“反正你们整天在家里，开个馆子，每天有活干，也就不觉得闷了。”

“我们开个火锅店吧！”邹家荣说。

“火锅店？”儿媳妇惊讶地问道。

邹家荣告诉他们，自己在新镇里转了好几次，大伙开的饭馆主要做炒菜和小吃，开火锅店的那一两家档次都不行，只要弄好了，一定会有客人。

家里人都同意了，他带着儿子购买开火锅店的用具，招厨师。

在一阵鞭炮的噼啪声中，甘家寨的第一家家庭火锅店开张了。附近的工程人员和镇里的年轻干部首先成为他们的客人。

由于这里的食材好，环境幽静，卫生又好，生意一直不错。为了吸引更多的客人，邹家荣与厨师商量新增加了烧鸡公、砂锅鸡等品种。

那次，我采访完邹家荣，已是中午时间，他执意要留我和杨国荣社长在家吃饭，我们只能答应下来。我们从他的堂屋穿到后院，中间有个绿化带，对面的房屋就是家庭火锅店和厨房所在地。两个房子中间的绿化带那一头，是院子的朝门，正好对着社区中间那条笔直的道路。他把我们引到一间小包房里，包房中间摆着一张火锅桌，小煤气灶就搁在里面，不一会儿，厨师端来一钵砂锅鸡，汤色和香气让人垂涎欲滴。确实，这钵砂锅鸡做得很好，汤鲜味醇，肉质嫩鲜。

席间交谈中，我问甘家寨有没有集资发展养殖业或其他的产业，邹家荣和杨国荣摇着头说，这是不可能的。搬到龙头山新镇后，他们连块地都没有，再说年轻人都跑到外面打工、跑运输、创业，家里剩下的只有上了岁数的人。他们既要照顾孙子，又要做家务，精力和时间都不允许。另外，鲁甸县红十字会博爱家园项目，给每家贫困户无息贷款生计发展资金 8300 元至 8500 元不等，用于开店、种植、运输，邹家荣和其他 40 多户将这笔钱入股银科电子。

邹家荣的家庭火锅店开张一段时间后，社里的另一名党员张元山也在外面开了一家小吃店。其他人看到他们生意做得还可以，相继又开了 2 家，如今甘家寨有 4 户人家在从事餐饮业。

由于重建工程的结束和年轻人的外出打工，龙头山的流动人员变少了，这严重影响了当地餐饮业的发展。在采访中，邹家荣说："火锅店客源主要是在这里修高速公路的工程人员，一旦工程完成，他们离开这个地方，生意就会受到影响。"

邹家荣的这家火锅店现在能养活他们一家人。

我在采访龙头山镇领导时得知，龙头山镇正在全力打造"龙头山旅游古镇""银文化旅游目的地"和"地震遗址公园"等，以此带动龙头山镇的经济快速发展，增加村民的现金收入。目前已经形成常态化的旅游观光点2个，一是鲁甸6.5级地震纪念馆和地震遗址，纪念馆总占地面积5000多平方米，分上下两层，上层为抗震救灾纪念馆，下层是防灾减灾体验馆。二是镇政府办公楼瞭望台，从那里可以远眺龙头山新镇的全貌，感受龙头山翻天覆地的变化，欣赏青瓦白墙、龙泉河潺潺流淌的"江南水乡"美景，还能看到光明村一万亩青花椒基地观景台。形成常态化的旅游产业3种，一是朱提银古银矿马巡游、舞龙表演、乡村文艺演出，二是龙头山长街宴、特色小吃品尝和篝火大联欢，三是八宝村红石岩休闲度假游。可能是这些旅游观光点刚启动不久，或许宣传方面投入不够，还没有完全形成品牌效应和社会效应。假以时日，当它成为龙头山镇的名片时，不仅会带动餐饮业、客栈这些服务行业，还会带动花椒、核桃等支柱产业。

因为这个原因，我对甘家寨人开设餐馆和客栈还是保持着乐观的态度。

邹家荣看着温文儒雅，说话和和气气，但跟他接触久了，就会发现他骨子里有一股冲劲和闯劲。他不满足于现有的生活，希望借助党和政府给予他们的好政策，让自己的生活过得更好。而今他们种不了蔬菜，失去了这一部分重要的收入来源，那就得去寻找新的收入来源来弥补。他想到了运输这一行当。他鼓励大儿子按揭借贷，买了一辆大货车，到工地上运送沙石。按规定，每个月需要给银行还款 14000 多元。

邹家荣说："我们敢按揭车子，是因为每个月都能挣得到那么多钱。现在虽然累一点，但等我们还完了借贷，这车就是自己的了。"那时所有的收入就是纯利润，现在离这个时刻已经不远了。

邹家荣的弟弟邹嘉贵也买了一辆车，专门跑客运，现在平均每个月能赚 5000 多元，家里的日子过得富足而幸福。邹嘉贵也是社里的一名党员。甘家寨人看到他们兄弟俩敢这样做，想着为什么我们就不可以呢？于是好多家也买了车，专门用来跑运输，现在收入都不错。2019 年底，甘家寨有 10 户人家跑运输。

"现在龙头山这边正在修一条通往香格里拉的高速公路，活计是有保证的。等高速路修通后，还可以到别处的施工地揽活。"邹家荣很自信地告诉我。

现在，他们衣食无忧，小孩的教育、老人的看病都无须再担心了。习近平总书记曾在小寨安置点慰问的邹体富和甘正芬两位老人，如今一位 76 岁，另一位 73 岁了，两人都享受着国家每月给他们发的养老保险金，需要钱时两个儿子也会给。2019 年 6 月，甘正芬老人去泰国旅游，12 月时两位老人一同去越南旅游。

现在龙头山镇有设施齐全的幼儿园、小学、中学，还有软硬件设施完备的医院，饭馆、商店鳞次栉比，道路四通八达，全部是黑色的柏油路。镇中心有广场，顺着龙泉河边走，河水澄澈，日夜潺潺，一排排的香樟树、樱花树、桂花树，遮蔽着阳光，用绿色装扮着小镇。让我惊叹的是，灾后短短的一年多时间里，这个平坝上重新屹立起了一座设施齐全的现代化新城镇。跟地震前的龙头山镇比，重建后的龙头山镇社会经济发展至少提前了 30 多年。

根据鲁甸县的相关资料，国家为了打下全面建成小康社会的坚实基础，鲁甸县龙头山镇实施灾后重建时，全面推进了农田水利、通信、交通、能源等基础设施的建设。修建了沙小公路、昭巧二级公路、天天公路和环线公路、营盘至水磨公路等，累积修建道路 68 条，共 527.9 千米；大兴水利建设，先后争取项目资金 3683.29 万元，完成管饮工程 14 项 71.5 千米，新修水池水窖 550 口，新建营盘和光明两个片区高效节水农业灌溉工程，完成龙泉河流域治理工作；投入资金 540 万元，新建沼气池 3600 口；先后争取项目资金 1143 万元，完成康家坪子、甘孜园、龙井湾等 5 个自然村推进项目、415 户危房改造项目和 100 户安居工程、银屏村青椒园村容村貌整治工程，顺利实施沙坝月亮田和银屏安家坪 2 个美丽乡村项目；教育卫生设施上，投资 1.5416 亿元，对龙泉中学、中心小学、幼儿园、10 所村完全小学、中心卫生院等公共设施进行了建设；村级活动场所面貌焕然一新，10 个村（社区）组织活动场所恢复重建，2 个村级组织活动场所修缮加固完工投入使用，还在 12 个村（社区）新建 28 个村民小组活动场所，进一步夯实了基层组织阵地建设；实施了 12 个村（社区）农网改造工程，投资 236.98

万元实施乐红至鸭子塘（龙头山镇境内）110千伏输电线路改迁工程；实施新集镇建设工程、沙小公路建设工程、昭巧公路恢复重建项目、红石岩堰塞边坡治理工程、月亮湾干渠建设工程、环山公路建设工程、国土地质灾害治理等基础设施建设。

没有强大的国家作为后盾，岂能有这样规模的投入，并在极短的时间里全部建造完成，投入使用，从而为龙头山镇的脱贫攻坚夯实了基础。

杨国荣也在这几年里，真真切切地感受到了龙头山巨大的变化。2015年甘家寨有2户脱贫，到了2017年，甘家寨剩余的贫困户全部实现脱贫。他把上级政府发下来的“我脱贫我光荣”的金色小牌匾挂在了每户脱贫人家的房门上。如今，甘家寨还有3个孤儿，1个五保户，总共8口人，但他们都有国家的照顾，每个孤儿每月国家发放1274元的兜底费，五保户人员每月发882元的生活费。甘家寨给生活相对困难的人们安排了公益性岗位，让他们负责社里的卫生，每月发500元的工资。

经过地震后，甘家寨人没有返贫，也没有了贫困户，住得比以前更好了，生活环境更美了，致富的途径也更加宽阔了，这是甘家寨人不曾想到的。地震发生后，他们什么都没有了，如今，家里各种电器都有，有的还买了小轿车。正是党和政府的关心，社会各界的支援，他们才过上了现在这样的生活，这些点点滴滴让杨国荣心里触动很大。2017年初，他把加入中国共产党的申请递交到骡马口社区党支部，渴望成为其中的一分子。8月初，骡马口社区党支部通知他去开会，会上宣布，从今天起他就是预备党员。

这个喜讯，让杨国荣的心里乐开了花，他心里盘算着自己也要带头做些事，让甘家寨人看到他也在努力创造美好的新生活。但是女儿们都嫁出去了，不在自己跟前，3个儿子也在外面打工，收入很不错，家里就剩下他和老婆、侄女和一个外甥了。家里现有的这些人能干些什么呢？有时他也要去忙社里的事情，做什么才适合自己呢？看看社里的其他3名党员，他们都带头闯出了自己的一片天地，带动了甘家寨人的创业激情，社里现在除了开餐饮的4家外，还有3户开起了家庭客栈，不论多少，他们每天有现金进账。杨国荣真的想不出自己要做什么。

回到家他把想法说给了老婆，老婆回应："你每个月都有工资，社里经常有事，哪有闲时间去做其他事情。再说了，家里大的就我们2个，小的都在上学，能做什么呢？"

确实是啊，能做什么呢？他俩都五十几岁的人了，也折腾不了什么。但是自己作为一名预备党员，应该为甘家寨的人做出表率。他这样想。

老婆打开电视机，他却闷着头抽了几支烟，屋子里烟雾缭绕，时间一点点过去了。

"你该去接小孩了！"杨国荣提醒正在看电视的老婆。

"少抽一点！"她望着烟灰缸里堆起的烟蒂说，关掉电视出去了。

杨国荣随后也走了出去。他把房门带上，在外面转悠了一大圈，也没有想出做什么好。他沮丧地回家，老婆却喜滋滋地望着他。这么盯着看，让他有些不自在，刚要张口说什么时，他老婆抢先说道："我们卖包子！"

“卖包子？”他瞪大眼睛重复了一遍，这算什么事呀！

“我们每天早晨到学校门口卖包子，这也算是带头做了事吧。”老婆表情严肃地对他说。

“扯淡！这怎么能算是带头致富。”杨国荣有些哭笑不得。

“学生娃那么多，有些起得晚吃不到早餐，有些家里条件好，图个省事，生意肯定好做。这样你也算带头了。”杨国荣的老婆很认真地对他说。

他那时真把这个提议当成一个笑话看待的，但没有想到的是，他的老婆开始行动了。她买来了特大的蒸笼，还定制了一辆小推车。见到她坚决的样子，他只能抱着试试看的想法，帮老婆做些事。

那天早上，老婆5点多起床，从冰箱里拿出包子馅，再拿出包子皮，麻利地包包子。一笼一笼地装满，开始在煤灶上蒸。包子的香气飘满屋子，也让杨国荣脸上绽出了笑容。快7点，他们唤醒两个小孩，把一笼笼的包子放到专门定制的推车上，推着车子往学校走。

学校门口还有其他卖早餐的人，他们跟他们并排站在那里，等待那些学生娃来买。一笼一笼的包子被卖出去时，一旁的杨国荣心里有些激动，想着老婆的这一主意还是不错的。等到中午学生下课，他俩把八笼包子全部卖出去了。

回到家，从推车上取下蒸笼、煤灶、凳子，在数一天的收入时，杨国荣惊讶的是，除去成本，还有100元左右的盈利，这是他之前没有想到的。他的老婆也很兴奋，一脸灿烂地对他说：“今后卖包子你就不用去了，我一个人在家也是闲待着，由我去做就行了。”

杨国荣感激地看着老婆。今天甘家寨里的人看到他俩去卖包子，当时也用惊讶的眼光看着，心里多少有些不相信。但他们终于迈出了这一步，后面的事就好做了。

社长杨国荣家卖包子的事马上被传开了。有人跟他开玩笑说："你家还用得着去卖包子？"

"之前我们靠着政府和爱心人士，才没有变成穷苦的人。现在政府提倡我们要靠双手勤劳致富，我这也是响应号召，做点力所能及的事。"杨国荣说完，呵呵地笑起来。

问话的人觉得有些不好意思了，毕竟大家心里清楚地震以后每家的状况，只能尴尬地跟着干笑几声。

甘家寨人再不说什么了，看到杨国荣家通过卖包子也能挣钱，他们对社里的这些党员、干部感到佩服。也正因为他们从力所能及的地方着手，让自己的生活过得更好，潜移默化中影响和带动了甘家寨人，他们的思想观念也开始发生了转变。如今，甘家寨里除了读书的年轻娃娃和上了岁数的人待在家里，其他人都到外面跑运输、打工、修车了。

甘家寨人在原来的地方还有一些花椒树，有的家庭又新栽了一些花椒苗，有时还得过去修剪、施肥、浇水、采摘。花椒种植面积不大，收入也不是很多，每年能挣上个几千元。但他们从来不敢懈怠，只要能增加一点现金收入，他们都会全力以赴。

2018 年 8 月 9 日，杨国荣成了一名正式党员。他觉得自己担负的责任更重了，他要和社里的其他 3 名党员一道，继续带领群众坚定地走在奔小康的道路上。

2017 年 1 月 23 日，国务院总理李克强再次来到龙头山镇，专程到甘家寨进行慰问。

在党中央的一再关心和各级政府的全力支援、社会各界的无私帮助下，甘家寨人走上了小康的道路。这真是应诺了党和政府所提倡的“小康路上一个都不能掉队”，也实现了“灾后重建之时，也是脱贫攻坚结束之日”的目标。

天刚刚破晓，龙头山新镇里传来了孩子们上学时的吵嚷声。

我看到杨国荣和他老婆推着那辆卖包子的车正走过来，包子的香气飘散在甘家寨里。他们走过这条笔直的道路，要奔向人头攒动的学校大门口。

不久，邹嘉贵也发动了车子，马达的轰隆声告诉他，幸福的日子就在车轮的运转之中。他关上车门，系上安全带，换上档位，汽车徐徐地驶出了甘家寨。

张元山的店里陆续走进吃早餐的人，他们选好座位，然后冲他喊：“来一碗牛肉米线。”张元山的脸上露着笑容，又开始了充满希望的一天。

邹家荣把孙子送到学校后返回来，站在充满绿意的院子里，开始计划今天需要买进哪些菜，中午已经有客人预订了 2 桌位子……

甘家寨人的日子就这样开始了，平淡中充满了希望，充满了盼头。

第二章　花椒树上结幸福

一、梦小康

“小康”一词，最早出现在《诗经·大雅·民劳》：“民亦劳止，汔可小康。惠此中国，以绥四方。”此处的小康是指“安乐”“休息”，与作为社会理想的小康在意义上还是有所区别的。把小康作为理想社会的模式，并用文字记载的，是西汉时期的《礼记·礼运》，里面描绘了大同社会与小康社会的图景。小康社会被描绘成随着社会规模的不断扩大，在土地私有制基础上建立起的“天下为家”、靠“礼”维持的理想社会。

小康，是中华民族几千年来对幸福安定生活的守望。

《礼记·礼运·大同章》里这样记载：“大道之行也，天下为公，选贤与能，讲信修睦。故人不独亲其亲，不独子其子。使老有所终，壮有所用，幼有所长，鳏寡孤独废疾者皆有所养。男有分，女有归，货恶其弃于地也，不必藏于己，力恶其不出于身也，不必为己。是故谋闭而不兴，盗窃乱贼而不作，故外户而不闭，是谓大同。”

从小康跨入大同，却是近代才提出来的。康有为著的《大同书》里，主张通过变法维新，实现“升平世”（小康）乃至“太平世”（大同）。

纵观中国历史，历朝历代的统治阶级建立政权以后，最关心的还是自己的江山社稷，从未真正对天下苍生的幸福殚精竭虑过。

唯有中国共产党，从它成立之日起，就肩负了民族独立、人民解放、国家富强和人民幸福的历史使命。中华人民共和国的成立，社会主义制度的建立，为后来小康社会的实现奠定了政治前提和制度基础。

邓小平在改革开放之初，就曾经指出：“贫穷不是社会主义”，“社会主义必须摆脱贫穷”，“社会主义的本质，是解放生产力，发展生产力，消灭剥削，消除两极分化，最终达到共同富裕”。

2012 年，党的十八大根据我国的经济社会发展实际进程，从中国特色社会主义总体布局出发，提出到 2020 年全面建成小康社会的要求。它标志着我国全面小康社会建设进入最后的冲刺阶段。

这是中华民族几千年来的夙愿，而今中国共产党正带领中国人民，实现这一宏伟愿景。

其间有无数默默的奋斗者，他们把精力和时间奉献在了治理贫穷、发展经济的事业上。

云南省昭通市鲁甸县龙头山镇就有这样一位副镇长，他之前担任过光明村的村长，一干就是 19 年，他的这半辈子就是在与贫困抗争，渴望父老乡亲能过上小康生活，他就是谭德军。

我第一次见到谭德军，是在龙头山镇的镇政府办公楼下。我知道他带领光明村人种植花椒，实现了经济收入的增长，也带动了龙头山镇的花椒种植产业全面发展，2017 年全村实现了脱贫。2015 年 1 月，习近平总书记到龙头山镇看望受灾群众时，听了光明村靠花椒致富的事情后，曾给予高度评价。

谭德军说话操着浓重的当地口音，肤色有些黧黑，理着寸头，身高 1.75 米左右。光明村的村民都亲切地喊他"老谭"或"谭支书"。每次听到他们这样称呼自己，他都平易近人地应诺着，脸上是那种憨厚的笑容。

他的童年和青年，一直在与贫困抗争，那时他最大的梦想就是能过上不愁吃不愁穿的日子。

谭德军的爷爷和父亲都是光明村的农民，他们是与土地绑定在一起的，一生辛勤劳作，但终日为温饱而眉头不展。

父亲与母亲结婚后，生下了他们姐弟六个，日子过得比较艰难。

谭德军的童年记忆，总是跟吃不饱相连的，就像他自己经常引用的那句俗语："皇帝爱长子，百姓爱小儿。"父母对作为老四的他给予的关心和照顾跟最小的比要少一些，正因为这样，他自己年纪轻轻学会了独立，也养成了坚忍的性格。

与所有光明村的人一样，那时他们一家也以种植烤烟和玉米为生。种植烤烟是光明村村民的主要收入来源，玉米是他们赖以生存的粮食。

他上学时，父亲去世了，家里的境况也开始变得糟糕。他上面的姐姐和哥哥都到外面去工作了。1981 年，谭德军高中毕业后回到了光明村。他走在乡村狭窄的山道上，看着破旧的土房、茅草房，层层的玉米地，心里渴望着飞翔，渴望着到外面去改变自己的命运，过上好日子，于是他跑到鲁甸县打拼。

那时，他还是个青涩的小伙子，内心里热切地期盼一种全新的生活。他在鲁甸县替人烧过砖，做过瓦，也到工地上打过工，辛辛苦苦地劳动，换来的是一天两三元的工资，有时遇到黑心的老板，一分钱拿不到。经过这半年多的打拼，他的状况一点都没有得到改变，梦想中的衣食无忧离他还是如此的遥远。这时他开始观察社会，反省自己，最后决定回到光明村。

1982 年 1 月，他被召进龙头山人民公社电影队，那年他只有 18 岁。

谭德军开始了走村入户放映电影的工作。这期间，他的姐姐们相继出嫁了，母亲跟着大姐搬到县里生活，兄弟们也在外面读书，光明村里就剩下他一个人。

那时候，村子里的道路都是土石路，交通工具是马和骡子，他要挑着放映机和胶片，翻山越岭地去放映。每走进一个村子，那个村子里的大人小孩都围拢过来，像是见到了久别的亲人，向他问寒问暖，伸出手接走他肩上扛着的放映机和胶片。他们热情地给谭德军倒水，端吃的，还向他打听外面的世界。他们对他充满了敬仰，认为他是个见多识广的人。

黄昏时，村子里的大坝上挂上白色幕布，村民们抱着大大小小的板凳和石块集中到幕布前，一脸喜悦地等待电影的放映。

这个时刻，谭德军的内心里充满喜悦，想着自己走这么远的山路，就是为了让这些人看到一场电影，给他们封闭而单调的生活增添一丝亮色，让他们的精神愉悦。他把胶片放进放映机，摇动机子开始播放。

白色的幕布上投射出画面时， 嘈杂的村民一下安静下来，他们屏住呼吸，随着故事的情节或高兴或伤悲，发出欢快的笑声或低沉的啜泣。放映的这段时间里，村民们忘却了平日劳作的辛苦，忘记了清贫的生活，让自己完全沉浸到影像创造的世界里。影片结束，人们依旧沉湎在电影的情节中。

他睡在简陋的村委会里，望着满天灿烂的星星，虚构着自己美好的未来。在这样不停地幻想时，村里的狗吠声催促他进入梦境中。

第二天，他挑着放映机和胶片，穿过村民土黄色的房子，准备向下一个村子走去。村民们尾随在他身后，送到村口，依依不舍地挥着手跟他道别。

他们的目光里充满了期待，希望他能尽快转过来，给他们放映更加精彩的电影。

谭德军在龙头山的各村子里穿行奔波，深切地感受到了山村百姓生活的艰难，精神生活的极度匮乏，这让他心里有些伤感和悲愤。与同龄人相比，谭德军看到的问题更多，思考的事情也更多。他常常在心里追问，农村人的生活为什么要比城里人差？当时他是无法得到答案的，但这个疑问一直在他脑海里萦绕。

谭德军就这样挑着担子，在龙头山的山山水水间穿行，岁月在他的脚步声中一寸寸地流逝，他也从一个青涩的少年蜕变成了沉稳的青年人。

有一次他挑着担走在去翠屏的路上，崎岖的山路上只有他一个人，炽烈的日头晒得他汗流浃背。此刻，他多么希望有朵云飘过来，遮挡住那太阳的光芒。但这只能是心里的一个愿望，无论怎样的天气，放映员该赶的路还是要照样赶的。

这时，身后响起了马蹄声，他扭过头去看。一辆马车从后面驶过来。马车夫看到他后让车子停下来。他问谭德军："要去放电影？"

"是到翠屏去。"谭德军回答时，一滴汗水流进眼睛里，眼窝里一阵酸疼。他赶忙抬起胳膊，用袖口擦眼睛。

车夫从车辕上跳下来，接过他肩上的担子，放到车子上。

车夫对他说："你经常到我们村里放电影，我认识你的。我捎你一程。"

谭德军很高兴，马上爬到马车上。车上除了他的放映机和胶片，还有几口麻袋。

马儿开始懒懒地往前走，车子在微微摇动中向前行驶。车夫问他的年龄，问他的家乡，末了问他有没有相好的。谭德军伸着腿坐在马车上，有些羞涩地回答说有。车夫咧嘴一笑，笑完有些惋惜地说，本想给你介绍一个，但现在不行了。谭德军没有再说什么，望着伸向前方的道路。他想起了自己心爱的姑娘,想着她的温柔、善良,想着她对他的一往情深,所有的疲劳顿时消失。他有半个多月没有见到她了。

“你们放映员真舒服,可以到每个村子里,听到、知道的比我们要多。”车夫说。

“经常在外面跑,心里就会很想家的。”谭德军说。

“年纪轻轻的想什么家。”车夫不以为然。

谭德军想起自己孑然一身在雪花纷飞的山间小道上行走的时候,想起鞋底磨破一瘸一拐走向村子的那一天,想起泥泞的道路上四仰八叉地摔倒在地一身泥浆的那一幕……别人怎能理解得了个中滋味呢!

“总之,比我们要强。我们可是天天被拴在地里,从春天忙到秋天,也就为了吃个饱。”车夫的眼神里充满了羡慕。

谭德军想到县城里那些穿着干干净净的衣服去上班的人,心里就有一种隐隐的痛。这种城乡的差异,发展的不平衡,让他心里产生一股冲动,想着自己日后也要过上那样的生活,这成了他今后奋斗的目标。

作为一名电影放映员,谭德军在龙头山的各村子里马不停蹄地转了十多年,这期间也与自己心爱的姑娘结了婚。

他每次疲惫地回到光明村,看到妻子辛勤地料理地里的玉米和烤烟时,心头便一阵愧疚和自责。本来是想给她安定、无忧的生活,无奈自己经常四处奔波,把这些农活全甩给了她,让她一人承担。这与他的初心是违背的,因而内心的痛苦愈加地沉重。他要利用这短暂的几天休息时间，尽量把地里的重活全部干完。

有一次，大年三十的下午，放映队让他到某处取电影胶片。他得到通知后马上出发，赶到那个地方取到胶片时，已是半夜三更。那天他答应妻子要回家跟她一起吃年夜饭，现在妻子在家里等着他回去。那边的人怕他路上出事，劝他别赶夜路，第二天再赶回去。但谭德军谢绝了他们的一片好意，说今晚无论如何都要赶回光明村，陪着妻子一起吃年夜饭。他想着自己经常在外面跑，让妻子一个人在家，今晚已经答应了跟她一起吃年夜饭，就不能食言，再不能伤了她的心。别人看到他执意要走，也就不再劝他什么，要他在路上注意安全。

谭德军背着胶片走在黑黢黢的山道上，周围的山都变成了一个个黑色的剪影，远处山脚的村子里传来几声狗吠。星星在天空辉耀着，山坳中的路不断地向前延伸，他的心里焦急万分，只盼着早点赶到光明村。那夜他走了很久很久，背上的胶片也越来越沉。当他走到光明村的山脚下时，天边已经开始泛白，他听到了村子里的鸡鸣声。

谭德军顺着崎岖的山道，急急地向着自家走去。他走到自家的土房前时，天已经亮透了。

他推开门，看到妻子伏在桌子上睡着了，桌子上的几只碗里盛着菜，两双筷子摆在碗边。

看到这一幕，谭德军的眼睛一阵潮湿，泪水情不自禁地落下来。

他把背上的胶片取下来，黑色的布鞋上落满尘土，裤脚也变成了灰白色。他轻手轻脚地走过去,坐在桌子旁边的那张矮小木板凳上。

可能是他弄出的那点声响,妻子突然醒了过来,睁开惺忪的眼睛望着他。她看到他凌乱的头发,发红的眼睛,脏兮兮的衣裤,伤心地哭了起来,肩膀一阵一阵地颤抖。

她知道这就是放映员的命,他们就是这样不着家,一年四季在各村之间奔忙。

谭德军搂住她的肩头道歉:“是我食言了！是我食言了！”

她的妻子挣脱出来,端起桌上的碗到灶旁生火热菜。等她转过头来看时,谭德军却伏在桌子上睡着了,还发出轻微的呼噜声。

妻子的心里对他充满了怜惜，拿来一件衣服披在他的身上，满脸泪水地站在他的身后。

春节过完,他又背着胶片回龙头山电影队了。

得知龙头山要招聘 3 名村干部，谭德军兴奋地一宿没有睡好,他想这是改变他人生的重要契机,当上村官就能带领村民过上好日子。

第二天,他跑去报了名,还赶回到光明村把消息告诉妻子。

妻子听到这个消息也高兴,如果考试过了,就不用再背着胶片和放映机四处跑,可以安定地待在一个地方,夫妻也可以经常在一起生活。她鼓励谭德军,让他安心去考试。

应聘村干部的考试,谭德军考得极其顺利,90 分的题考了 81 分,被招聘为村干部。他接受采访时这样对我说:“我的文化水平不高,但我经常到下面的村子里放电影,接触的新鲜事物多,对村民的生活状况了解得多,头脑里想法也多,考试时就把这些感受都写了出来。领导可能看到了这些,才给了这么高的分吧!"

但出乎他意料的是,被正式招聘后,由于是村公所的干部,是在职不在编的人员,需要试用3年,这期间没有工资,等3年试用期过后才能转正。听到这个消息,谭德军好像被泼了一盆凉水,从头到脚被冰住了,心灰意冷了起来。在他最失望的时候,是他的妻子为他撑起了腰。

"3年说长也不长,说短也不短,只要你能忍得住,我种地来供养你!"妻子站在他的身旁,缓缓地告诉他。

"你和孩子会很辛苦的。"谭德军感激地对妻子说。

"这样的日子已经过惯了,还能糟到哪里去。"他的妻子说完苦笑了一下。

这笑让谭德军心里痛极了,作为一名丈夫,不仅不能自己养活自己,还要拖累妻子。他选择了沉默,脑袋低垂下去。

妻子的承诺和支持使他下定决心,要熬过这3年试用期。

谭德军被分到了龙泉,那里正在修建沙湾路,他负责管理炸药和炸材。

每个月他会回一趟家,妻子给他准备好苞谷面,有时也会多个煮鸡蛋或一点腌肉,他的鼻子一阵酸楚。等他背着粮食走出屋门,那该死的眼泪就会淌落下来。他想:自己欠妻子的太多了,等转正了,自己一定要报答她。

谭德军不敢乱花一分钱,衣服烂了缝缝补补,鞋子破了将就着继续穿。妻子看到他这般的状况,从卖烤烟的钱里拿出一些来,让他去龙头山买件新衣裳和鞋子。可是谭德军舍不得花这笔钱，能将就的就将就着用。

沙湾路一年后修好了。

谭德军又被分到其他地方，他这样辗转在龙头山的不同地方，但在每个岗位上都勤勤恳恳，任劳任怨，人们对他的为人处世也比较认可，留下了较深刻的印象。

这些年，他的妻子在光明村边照看小孩，边料理着农田，还要为他垫付生活所需的费用。在妻子无怨无悔的支持下，他坚持到了最后。

1997 年 1 月，谭德军正式转正，被分配到光明村当村主任。

接到这个任职命令，谭德军心里没有太多的兴奋，他的脑海里是村民破旧的房屋，层层开辟出的梯田，细瘦的羊肠小道，还有那些穿着补丁衣裳的村童……

怎样才能让光明村摆脱贫困，过上“两不愁”的生活呢？谭德军托着腮帮子，陷入沉思之中。

二、破困局

光明村是龙头山镇里人口最多的一个村，它有 21 个村民小组 1640 户 7195 口人。主要经济收入来自种植烤烟，玉米和土豆是村民的主要粮食。有句口头禅盛行在百姓中：“去头掐尾喂牲畜，中间留下蒸饭吃。”这说的正是玉米。玉米在他们的生活中是最主要的粮食，生活状况也就可想而知。还有一句话，“十年九旱三年两无收”，光明村这个地方特别缺水，年年都会出现干旱情况，缺水成为掣肘种植业发展的最大因素，光明村的年降水量只有 800 毫米至 1100 毫米。那时光明村依靠种植烤烟才使村民每年有比较固定的经济收入，人均年收入 680 元。

谭德军面对这样一种现状，他应该怎么做，这是摆在他面前最棘手的问题。

谭德军当上村主任后并没有急于做调整，而是深入群众中，了解 21 个村民小组的生产生活状况，想着从烤烟上能不能寻找到一些突破口。

正是他的亲力亲为、处处为百姓着想的作风，赢得了村民的认可。但是群众的现金收入和生活水平没有太多提高，村子的面貌也跟先前一样。

2000 年时，国家推行了村改委的政策，村委会主任必须由群众投票选举。由于之前谭德军树立的务实、勤恳、任劳任怨的形象，他被群众推选为村委会主任，同时也被党员们选举为总支书记。他一人肩挑了两个职务，这对他来说要承担的责任更加沉重了。

此时，国务院印发文件，对烤烟种植业进行重大调整，提出了“双控”政策，即减少烤烟的种植面积和产量。烤烟种植要从零碎、贫瘠的山区，转移到可以大面积种植的平坝去，以此提高烤烟的质量和规模。光明村人“唱烟歌，吃烟饭”的日子从此一去不复返了。国家没再与光明村签订烤烟合同，村民的一个稳定经济收入来源就这样断掉了。

村民们不知道接下来的日子要怎么过，村委会的干部急得团团转。他们是村民的主心骨，是他们的当家人，一定要为光明村寻找到一个新的经济收入来源。

谭德军和村支委多次商议，最后决定请县扶贫办、乡政府和专家到光明村来，帮他们把脉，指出他们今后要走的方向。上级组织特别关心这件事情，组织相关部门、专家组来到光明村，到下面的各村小组进行实地调研。经过调研，专家组认为，光明村的海拔在1100米至1800米之间，属于典型的干热河谷地区，长期干旱缺水，加上日照时间较长，适宜种植干果，不适宜种植水果。

种核桃、种花椒能让村民挣到钱吗？种植哪种更好？谭德军他们颇费了一番脑筋。

当时交通条件差，信息又不畅，不知道核桃与花椒在外面有多大的市场。要是贸然做决定，种植出来后又卖不出去，那就断了村民的生路。这是一个艰难的抉择。鉴于之前光明村有人种植了一些花椒树，大伙倾向于种花椒。意见渐趋一致后，考虑到花椒最主要的市场在四川和重庆，村里决定组织人员到那边实地考察，看看今后10年里种植花椒有没有“钱途”。

当时的村委会很穷，但咬着牙挤出了一点经费，作为考察的食宿费，前往成都。这30人中有各支部书记、村民小组长、群众代表等，他们考察后形成的意见将会决定光明村今后的发展方向。

谭德军到现在都清晰地记得，他带领小组去成都考察的那次经历，那一路的艰辛现在回想起来也很辛酸，他们遭了多少人的白眼，吃得最便宜，经常一张床铺上三四个人挤着睡……

“是要到昭通吗？”村民代表坐上车的那一刻非常兴奋。

“只有那边才能坐火车。”谭德军这样告诉他。这是一辆有些破旧的公交车，里面被他们挤得满满的，充斥着汗臭和脚臭味。

车子里的人相互聊天、相互取笑时，谭德军却望着车窗外的景色，神情凝重。此刻，他开心不起来，不知道到了成都后会是什么样的结果，如果没有市场，那他们今后还能发展什么产业呢？这些问题让他没有心思参与聊天。他们这次做出的决定，将会影响7100多人今后的生计，这责任可是太重了！村民代表们看到什么都觉得惊奇，不时地喊出几声来，难以抵制出远门的这份高兴劲儿。

进入昭通火车站候车室里，里面已经挤满了人，他们只能坐在一个角落，等待着检票时间的到来。

“谭支书，你去过成都吗？”赵以朝问。

“没有去过。”谭德军抬起头，表情有些苦涩。

赵以朝穿着一件褪了色的蓝布上衣，裤子是黑色粗布缝制的，脚上是一双沾着泥土的布鞋，一个地地道道的农民形象。

赵以朝静默了一会儿，有些担心地再次问他：“不会找不到那个地方吧？”

谭德军知道他问的是农贸市场，那里是他们此次的目的地，也是他们的希望所在。“可以问人啊。”谭德军这样回答，但心里还是有些忐忑，毕竟那是个很大的城市，要找到那个地方肯定要费些周折的。跟他一起的许多人都是第一次出远门,他指望不上,只希望他们照顾好自己。

“票可别丢了!”谭德军对赵以朝说。

这句话好像提醒了旁边的其他人,他们把手伸进衣兜里找自己的车票。找到的一脸轻松,没有找到的开始着急,把衣兜往外翻。好在所有人的票都在,他们这才小心地把票收好。

上车的广播响了,他们手里捏着票,背上背着包,挤进人堆里。

等到他们上了车,看到车厢里已经坐满了人,这才知道自己的车票是站票。但他们没有一句埋怨的话,就在过道和厕所旁找个空位置坐下来,很安分的样子。谭德军告诉他们不要走远,担心有人走丢。

“放心吧,谭支书。”他们这样来答应他。旁边的乘客看着谭德军,觉得很稀奇,这些人怎么这样听命于他。

谭德军知道他们要坐 8 个小时的车才能到达成都,这 8 个小时里只能在这狭小的过道里或坐或站,还要忍受饥饿。他的心里有些愧疚,觉得真对不住这些跟他一起出来的人。

火车咣当咣当地缓慢行驶,随着时间的流逝,脚和腿都肿胀了起来。他们把鞋子脱下来,裤管卷起就了事,没有一个人抱怨。他们饿了吃口家里带来的玉米饼,渴了喝口水,就这样到了成都。

出了车站,眼前的人海让他们惊出了一身的冷汗。拉他们住旅社的,拉他们去饭馆的,要送他们去别处的,一个又一个地,让他们应接不暇。

商店门口的高音喇叭里放着音乐和减价出售商品的广告,这种架势他们之前从来没有见识过，商业气息浓厚的成都火车站，仿佛要把光明村的人吞噬一样。光明村的人就像一颗水珠滴进江河里，感到了江河的浩荡。

他们无法想象还有这样的生存方式、这样的生活状态，他们睁大着眼睛，看着这繁华世界。谭德军和几个支委商量着去找一家最便宜的旅店先住下来，再打听去往农贸市场的路线。他们带着这些代表就近找到了一家旅店，与旅店成功协商，允许几个人共用一张床。

30 个人挤在几间房子里，蚊虫叮咬不说，还热得出臭汗，汗津津的睡不着。夜里有人打起呼噜，一床的人都甭想好好休息。可是他们熬住了，心里想着这是在为全村人找出路，没有一个人抱怨。

到成都的第二天，他们坐上公交车，辗转几次后到达了农贸市场。里面传来的不仅有香料的气味，更有鼎沸的人声。第一次见到这种场景，他们有些怯场。

谭德军告诉他们："我们要走进去，看看人家的花椒是怎么卖的，现在的价格是多少。"人们纷纷点头，意思是说知道了。

农贸市场里人山人海，各种农产品都有。光明村的人眼睛都直了，心里暗暗惊叹这市场的规模是如此的庞大。

他们挤进去时不免有些横冲直撞，引来旁人的一些恶言，但他们全然不理会，只关心哪个地方在卖花椒。他们闻到了花椒的香气。

花椒被称为云香料，是八大调料之一，具有杀菌灭虫、消食解胀、暖胃止泻、解毒除痒、驱散寒湿的功能。因所处的地理环境，成都人和重庆人喜欢在各种菜肴里都放些花椒，以便更好地驱散寒湿。

他们齐刷刷地出现在花椒摊子前。“一斤花椒多少钱？”有人问。

卖花椒的人说：“40 元。”

人们好像听错了一样。谭德军把这一数字写进了记事本，他被这个数字弄得很亢奋。

他们分散去问，得到的结果都是一斤 40 多元。这个价格让光明村的人咋舌。他们之前卖玉米，卖土豆，一斤才几角，花椒价格却这么高，种花椒树一定能赚大钱。

走出农贸批发市场时，光明村的每个人兴奋不已。他们跟谭德军说的最多的话就是：“谭支书，我们种花椒吧！”

谭德军被这个价格振奋了，他的脑海里翻腾的是光明村人卖花椒挣到钱时的喜人画面。可是他冷静地一想，他们在这里看到的只是零售价格，批发价、市场一天的交易量，这些他们一概不知。只有摸清了这些情况，才能做出最终的决定。

谭德军听农贸市场里的人说，批发交易都在清晨进行。为了得到准确的交易数字，他们明早必须要赶到这里来。

他说：“明天我们早早地过来，看看批发市场的销量。”

天蒙蒙亮时，光明村的人就到了批发市场。虽然是清晨，但这里已经人满为患。一辆特大的货车载着满满的花椒驶进来，只消一会儿工夫，一整车麻袋，被人一袋袋地用小货车、推车拉走了，几吨的货物就这样被消化掉了。他们看着这一切心里暗暗地窃喜。

经过打听,他们还知道江津那边有个面积很大的花椒种植基地。为了让带出来的村干部和村民更加有信心,他们几个村支委决定到基地看一看。

到了那里他们才知道,这是军民共建的花椒种植基地,一望无际的花椒树把整个山坡覆盖了。村民的住房是全新的,许多家庭买上了车子,家里的电器也一应俱全,看来他们的花椒收入一定相当的可观。光明村的人还了解了他们的产业规模、种植过程、气候、土壤等相关情况。

经过这次实地调研,他们对种植花椒充满了信心。

回程的车票是凌晨 3 点的, 为了节省钱他们没有去住旅店,而是早早地来到候车室里围坐在一起,打发这漫长的时间。

谭德军说:“他们有的卷烟叶抽,有的在那里闲聊,也有的靠墙打一会儿盹,就这样把住宿的钱省了下来。”

赵以朝对这些没有多少印象了,他说时间太久,一些细节有些模糊了。可是他记得清楚的事情是:那次谭德军不住地往一个本子上记录着一些数据,每到一个地方,他都要把本子掏出来。

火车启动了,光明村的人就分散在过道里,有的睡着了,有的倚靠在车厢的墙壁上,筋疲力尽。

谭德军也靠在那里睡着了,脑袋侧歪着。

这几天的奔波,他们不仅了解了花椒的行情和价格,更看到了光明村的未来。谭德军要带领整个村的人,通过花椒实现收入的增长。

在火车的轻轻摇晃中，每个光明村的人都在做着同一个甜蜜的梦。梦里家乡变了样，漫山遍野都是翠绿的花椒树，村子上空飘荡的是花椒的香气……

光明村的考察组回到了村子里，再回到各个村民小组，将自己的见闻分享，让大家知道种植花椒能改变他们的生活。

对这次的考察进行多次讨论后，光明村的党总支决定在光明村推广花椒种植。他们将这一提议交到村两委会上进行商议，也得到了通过，再将这一提议交村民代表会议进行讨论。提议再次得到了通过。他们将这一方案在全村进行了公布。

提议得到认可后，村委会形成了初步的方案。谭德军拿着这个方案，代表光明村到镇里和县里进行汇报。

这时有村民出来反对了。他们说花椒不能当粮食来吃，到时候卖不掉，日子怎么过？也有人说花椒三年才挂果，这三年里吃什么？有人说之前种植烤烟有政府支持，这花椒政府又不买，我们卖给谁？村民的顾虑很多。

村民这三年里的口粮不解决，就无法种植花椒树了。

村委会的干部又开了几次会，最终他们决定向乡党委和县政府寻求帮助。

时任鲁甸县常务副县长的雷选忠听完谭德军的汇报，非常高兴，对他们种植花椒的计划表示了认可。他表示跟县里的相关部门协商，给他们争取退耕还林的项目。如果可行，村民的吃饭和孩子教育问题就能得到解决了。

谭德军非常感激这位老领导，老领导曾在龙头山镇工作过，对这边的情况非常了解。谭德军不再担心村民吃饭的问题了，倒是担心起了树苗怎么栽种。

上级政府就是村干部们的娘家，有任何困难去寻求帮助，上级政府都会竭尽全力地解决。县扶贫办给了光明村900亩的退耕还林项目，这个项目一旦实施，每人从每亩地上能得到260斤的玉米作为粮食补助，学生每人每个月能得到40元的教育附加费。这样一来，村民的吃饭和小孩的教育问题全部迎刃而解。

谭德军和村委会的干部们得到这个消息后，热情高涨，他们召集全村会议宣布了这个好消息。与他们的热情形成鲜明对比，许多村民对此表现得很冷淡，只有一部分人愿意种植花椒。这情景是村委会没有预料到的，国家和政府给了他们最好的政策，但村民的思想、观念无法马上转变过来，村委会和党员、村小组的组长还要继续去做村民的思想工作。

谭德军心里清楚退耕还林必须连片种植，如果不能达到这个标准，项目就算不合格，要是被取消了，那光明村的经济发展就会停滞，村民就无法过上富裕的生活。这是一个千载难逢的机会。他要村干部和党员逐村逐户地到村民家中开展思想工作。

那一天阴雨绵绵，谭德军要冒雨到杨自英家里，给她讲解种植花椒的好处。他这一路走得趔趔趄趄，到了杨自英的房门口，把雨伞折叠起来，鞋子上已沾满泥浆。他推开房门，看到杨自英和她的儿媳妇杨城梅在家。

杨自英一见谭德军就拉下了脸，也没有请他坐。谭德军也不恼，自己找来一张凳子坐下，一脸的笑容。

“外面雨下得不小。”谭德军这样开场。

杨自英马上接话说:“这花椒我们是不种的。你说什么都没用。”

“谭支书,我给你倒杯水。”儿媳妇杨城梅赶紧打圆场。

“没有了烤烟,我们村也就没有了经济收入。这次我们出去,看到人家种植花椒过上了幸福的生活。花椒能卖出很好的价格,一斤要卖40多元,比我们种玉米、土豆收益好。我这样苦口婆心地劝你们,就是希望你们的日子能过得跟城里人一样好,手里有钱了,可以买新衣裳穿。我们是一个村子里的人,我做什么都是为了村子里的人好,要是让你们受到了损失,我还有脸见你们吗?你们这次一定要听我的话,种上花椒树。”谭德军这样跟她劝说着。

杨自英还是绷着脸,一副爱理不理的样子。

谭德军又跟她讲成都农贸市场一个早晨花椒的批发数量,还讲国家退耕还林对他们生活的保障。这些话对杨自英没有作用,她一直沉默不语。

屋里的气氛有些尴尬,水杯里的水已经不再冒热气。谭德军转移了话题,问起了杨城梅丈夫在外打工的情况,这使得气氛慢慢缓和下来。

“我们就不种花椒,这个不能当粮食吃,吃多了会死人的。”杨自英说完拿着一个塑料桶径直出了门,把谭德军撂在屋子里。

这场谈话就这样要被终止,他有些不甘心,又跟杨城梅说起了种植花椒能带来的经济效益。杨城梅只是听,不给他回答。他知道他们家主事的就是杨自英,只有做通她的思想工作,这件事才算完成。

等了许久也不见杨自英回来，他知道她是故意躲着。谭德军没有气馁，想着多来几次，把道理讲明白了，杨自英会理解的。

他手里拿着雨伞走出了杨自英的家。

杨自英家已经很破旧了，日子过得比较清苦，她们担心万一花椒卖不出去，后面的日子会变得更加艰辛。他理解这些村民的想法，他们被穷日子给吓住了，被穷苦禁锢了思想。

谭德军高一脚低一脚地在泥泞路上往回走。

雨丝丝地飘落着，他只能看到近处的景象，看不到更远的地方。他在这里生活了这么久，知道这些乡亲过的是怎样的一种生活，自己也曾是他们中的一员，现在政府让他担起了这个责任，作为一名党员，必须完成好这一任务。他在心里给自己鼓劲："不要灰心，一定要带领光明村人过上幸福的生活！"

这天晚上，他给远在千里之外的杨自英儿子打电话，向他说明村委会带领村民种植花椒的打算，要他帮助村委会做杨自英的思想工作。

在他们的频频教育和开导下，很多村民改变了观念，他们同意参加退耕还林种植花椒的项目。

900 亩连片种植有望实现，谭德军不敢掉以轻心，担心很多村民会有反复。先做好这个思想准备，再遇到状况时也有承受能力。

现在土地的问题暂时得到了解决，就要立马落实买花椒苗和种植技术的引进。

谭德军带着副支书、副主任到处去打听花椒苗，最后找到了一个叫陈超的人，最终谈妥，4 斤玉米换一株花椒苗。

光明村连片种植的家庭之外,很多人对种植花椒保持着观望和反对的态度。他们对没有先例的事情永远保持警惕之心,宁愿错过也不愿意尝试。谭德军用宽容的心接受了他们的选择。他想,等过了这三年,看到花椒能带来不错的经济收入,他们就会主动要求加入种植花椒的队伍里。那时他又能帮助他们,一同奔走在致富的道路上。

每亩以 40 株为标准,技术人员开始帮他们栽种。村民跑到坎上来观看,村委会的干部和党员跟着技术人员在农田里抱树苗、施肥、填土,忙得不亦乐乎。

忙完一天,他们拖着沉重的脚步回到各自的家里,准备第二天继续奋战。

夜色悄然落了下来,光明村变得静悄悄的,谭德军洗漱完准备休息。

他妻子问道:“我们的地里全种上了?”

谭德军望着正在写作业的女儿,说:“今天只种了 7 亩地,还有 8 亩没有种成。等她快小学毕业的时候,花椒就会挂果,那时可以卖钱了!”

妻子对他是信任的,这个男人做事一向稳重,不会浮夸。考察的人一回来,说种花椒能挣钱,她就相信他们了。当他带头要在自家的 25 亩地里拿出 15 亩种植花椒时,她轻轻地点了一下头,对他的工作给予了支持。

“早点歇着,你明天还有很多事。我陪着小孩。”妻子对他说。

谭德军先睡下了,这段时间来来回回地奔波,脑袋一落到枕头上，马上进入了梦乡。

天刚亮，就听到有人在门外喊：“谭支书，快点起床。事情不好了！”

谭德军赶紧穿上衣服，打开门，看到几个村民站在自家门口。

“出了什么事？”谭德军急迫地问。

“有人把昨天栽的秧苗全部拔掉了，扔在坎上。”村民说。

谭德军脑袋里轰的一声，一下没有了主意。

“老谭，赶紧把副支书他们叫起，一同过去吧。”

妻子的这句话让他马上醒悟过来，他派一个人去叫他们，同时，自己往农田的方向跑去。

被拔掉的秧苗到处都是，树叶打着卷，已经枯死了。他心里极度气愤，涨红着脸，双手微微发抖。其他人也赶到了这里，看到这场景只能跺脚骂娘了。

一株可是4斤的玉米啊，还有栽种人员的工钱、消耗的时间。

这满地躺着的花椒苗，让村干部们心疼死了。

他们找来土地的主人，跟他理论了起来。土地主人毫无愧疚之心，大大咧咧地说：“种了卖给你吗？你能吃得掉，我把这个土地承包给你。”

争执越来越大，他们相互推搡起来，差点动起了手。最后有人报警，叫来了警察。

三、红八月

警察把发生争执的人带走，为了使栽种花椒苗不受影响，谭德军简单安排后，自己主动坐上了警车。

其他干部支走看热闹的村民，将枯死在地里的花椒苗一株株地捡起来，心里既恨又痛。

土地主人在派出所里承认自己拔掉花椒苗的事实。谭德军为了不激化矛盾，提出不再追究其责任，损失由村委会来承担。矛盾暂时化解。

等他回到光明村时，又有几家提出要退出来，不愿在地里种植花椒。谭德军和其他村委对这种出尔反尔的行为很生气，但作为村干部，他们讲道理摆事实，让这些村民改变想法。他们劝了很久，终于有人放弃了自己的坚持，有人却固执地不肯让步。谭德军只能暂时放弃这些人，先把栽种花椒苗的事完成好。

他们白天跟着技术人员栽种花椒苗，晚上又跑去那些改变主意的人家里做思想工作。这样来来回回地折腾多日，仅剩下个别“顽固派”。

谭德军跑到镇里，向镇领导汇报光明村种植花椒中遇到的困难，请求组织支持一点经费，让村干部带着这些“顽固派”到四川的花椒基地看看，让他们切身感受花椒给当地村民带来的切实利益。镇领导对这件事很重视，当即决定解决这部分经费。

谭德军不敢耽搁时间，回到村里将这些“顽固派”召集起来，带他们到江津的花椒种植基地考察。

光明村的这些"顽固派",通过走访人家的花椒种植基地,大部分改变了观念,想着别人种花椒能有这么好的收入,我们也能像他们一样,通过种花椒实现收入的增长。但也有个别的几个,不愿放弃自己的想法。在他们的观念里,种花椒要等三年,到时不知道能不能卖出去。

谭德军为村民们做了自己能做的一切。之前,他考虑过可能发生的各种事情,想着最终可以通过诚心和努力感动村民,结果却没有他想的这么美好。这些少部分人的退出,对连片栽种会产生怎样的影响,会导致最后验收的不过关吗?

几名村干部想着相同的问题,他们无法理解这少部分村民,甚至对这种僵固的思想很气愤。太阳已经从对面的山脊落下去,光明村集镇也一片寂静。

谭德军想着他此刻不能认㞞,这样会给其他村干部产生负面影响,他要当好这些人的主心骨。这几个月里,这些人既是他的得力干将,又是跟他同甘共苦的好兄弟,已经承担了太多的压力和精神负担,现在也该让他们稍微放松一下。

"这样吧,"谭德军停顿了一下,村干部们抬起头,目光聚到了他的身上,他继续说,"我们让这些栽种了花椒的人先富起来,到那时,我们都不用去动员,其他人会主动来找我们的。有些地方没能连片栽种,我明天到县上去,跟上级领导汇报我们遇到的困难,看上级部门怎么说,再做下一步的打算。"

"只能按谭支书说的去做了。"副支书开腔。

"铁棒磨成针也没有这样难啊!"杨宏背靠在椅子上叹气。

“万事开头难，再说了，我们这些党员就是为了处理难题才在这里的。”谭德军说完，心情没有那么郁闷了。

“好了！好了！每天都这样傻坐着，也不见解决了什么问题，再待天就黑了。”肖慈翠边催他们，边起身往外走。

谭德军顺着坡往家的方向走。

一路上看到许多村民的房屋由于时间久远，显出破败相来，道路也是坑洼不平，自己在这里已经当了几年的村干部，但这段时间里没能给光明村带来什么改变，这与他的初心还是相差了很多。

他心里有些愧疚，要改变村民的生产生活方式，转变他们的思想观念，改变村容村貌，就一定要抓住花椒种植这件事。

谭德军看到自家屋子里亮出的灯光，他离它已经不远了。那个地方是他的加油站，是他的停泊港，也是他重新启航的地方。

第二天上午，谭德军搭上一辆便车来到县政府，找到了分管扶贫办和农林业的副县长雷选忠，向他汇报了光明村种植花椒的总体情况和遇到的问题。

雷副县长坐在他的对面，皱起了眉头，两手抱在胸前不说话。

谭德军一见这个架势就觉得不妙，心脏开始加速跳动，他不知道接下来要怎么做。

“小谭，你在我这里坐一会儿。”雷副县长从座位上站起来，径直出去了。

谭德军脑子里马上想到，无论怎样都要到那些“顽固派”家里去，把思想工作做通，不能因为他们让这个项目叫停。一旦被停下来，光明村就打不了翻身仗了。已经没有退路了，必须要硬着头皮迎接这一切。

雷副县长的办公室里走进一名工作人员，让谭德军跟他一起到别的办公室。谭德军更加紧张了，急忙跟在这个小伙子后面，想着这项目会不会黄掉了。走到一间小会议室门口，小伙子推开门让他进去。

谭德军看到会议室里有几个人，雷副县长，还有扶贫办、农林局的领导。

“小谭坐下来。”雷副县长招呼道。

谭德军刚落座，雷副县长接着又说：“呵呵，这次小谭遇到了棘手的事，你们看能不能帮着解决，让他渡过这个难关。”

听到这里，谭德军一阵感动，他把感激的目光投向雷副县长。

雷副县长让他简要地向各部门领导汇报情况。听完他的汇报，扶贫办和农林局的领导谈了各自的看法，最后达成共识，只要光明村的项目实施率达到 80%，就可以验收。

谭德军悬着的心落了下来。

临走时，雷副县长叮嘱他：“小谭，我知道你们很辛苦，这段时间你都变瘦变黑了。但是群众的思想工作不是几句话、几次家访就能做得通的，要有长期的思想准备。遇到一点小挫折也不要气馁，只要方法对了，一切会变得顺风顺水的。”

“雷副县长，我记住了您的教导，会耐心做好群众工作的。”

雷副县长拍拍他的肩头，伸出手紧紧地握住了他的手。

告别雷副县长后，谭德军心里一下变得轻松了。

他想到难得来县上一次，趁这个机会到商店里看看，给他的爱人和两个小孩买件衣服，这段时间他都顾不到她们了，有时候还把工作中遇到的烦闷情绪带回家，给她们难看的脸色。真是对不住自己的家人！谭德军买好衣服，坐一辆回程的小型客车回到了光明村。

他走上那段陡坡，看到栽种的花椒树把坡地装扮一新，他想，等到两三年后，满山变成绿色，那时光明村人的钱袋子会鼓起来的。谭德军这么想着，朝着村委会方向去了，他要告诉辛苦工作的这些村干部，上级组织替他们做了最大的通融，这个项目他们能通得过。

当他走进办公室，他们停下了手里的活，眼睛全部盯着他。

谭德军知道他们都在等着他说出县上的意见，就把这个好消息告诉了他们。村干部们兴奋地欢呼起来，那愁苦了许多日的脸上绽开了喜悦的笑容。

谭德军把手里装衣服的袋子放在自己的办公桌上，人沉沉地坐进椅子里。

“谭支书，袋子里什么东西？”有人问。

“给小孩的衣服。”谭德军拿着杯子去接水。

“是给嫂子的吧！都老夫老妻了，还用得着这样巴结。”那人说着，伸手打开袋子，把几件衣服拿出来展开看。

“给嫂子买的是最贵的！”杨宏大声起哄，旁边的人也跟着瞎喊起来。村委会的办公室里一下充满了笑声，把之前的压抑一扫而空。

当谭德军把袋子交到他爱人手里时，她睁大了眼睛，脸上有喜悦的笑容，嘴上却在问："是什么？"

"给小孩和你买的衣服。"谭德军也故作一副很淡然的样子，说完坐到那张旧沙发上，用手摩挲着脑袋。他难得这样清闲。

"你花这么多钱干吗，我又不是没有穿的！"妻子嘴上这样说，但手里拿着那件衣服往自己身上量。

谭德军看到她的这个举动，心里也是甜丝丝的，她为他做出了那么多的牺牲。如今，还依然像往常一样，地里家里团团地转，对他也不抱怨一句话。只是岁月在她的眼角开始刻下一道道的痕迹，这么多年她还没能过上一天舒坦的日子。

谭德军起身走过去，没想到，她一头扎进他的怀抱里，谭德军用双臂将她紧紧地抱住。她的肩头摸着很瘦弱，但撑起了这个家。谭德军用双手温情、怜爱地抚摸着她的肩头。妻子眼睛里也流下幸福的泪水来。

村委会的干部们并没有放弃那些退出的村民，劝导他们加入这个项目。这些村民一而再再而三地拒绝了他们。

转眼进入了秋末，天气渐渐转冷，整个山谷里的色彩已经变得绚丽多姿了起来，金色、红色成为这里的主色调。

"我们到地里去转一圈吧！"谭德军跟马世相说。

"谭支书，上午我俩刚转过一圈，把花椒地都转完了。"马世相站在窗子前回答。

是啊！上午把坎上坎下的花椒地都转了一遍，那可爱的树苗都成活了，枝丫上挂着的叶子随着季节的变化已成了墨绿色，没有了先前的那种翠绿了。等到来年开了春，气温逐渐升上来，那种喜人的翠绿又会出现在一根根枝条上。谭德军这样想着，站起来往外走。

马世相摇着脑袋，嘴角挂着笑，跟在了他的后头。

他们绕过村民的土房，走到了坎下的那片花椒地里，看到不远处还站着几个人。他们向那些人走过去。

“老谭，你们过来做啥？”有人冲他喊了起来。

“见你们在这里，我们就过来了。”谭德军回答。他们在冲他微笑。

“你看这一株花椒树苗，等到它挂果，至少能赚几千元。”那人煞有介事地继续跟旁边的几个人说，视线还转过来落在谭德军的脸上，好像在求助他。

“你就吹牛吧，以为钱这么好挣。”一旁戴着一顶蓝布帽子的人说道，他身上的衣服松松垮垮的。旁边的几个人听着笑出了声。谭德军和马世相也跟着笑了起来。

一阵风涌了过来，山上的野草微微抖动，一股淡淡的草香飘进鼻孔。

“花椒种好了确实能挣不少钱！它的价格比玉米、土豆高好几倍。”谭德军说。

这下其他人不敢乱笑了，他们知道谭德军是一个不说大话的人，他这样说了，那也就八九不离十了。他们一同看着山坡上的花椒树苗，畅想着收获时节的热闹场景。

那个村民给没有去过成都的人说："和过年过节一样，成都人穿着崭新的衣服，在农贸市场里转着。那一袋袋的花椒，山一样堆在货车里，被绳子绑住，一车一车地运到别的地方去了。"

"我们的花椒树挂果时，别的地方的车也会跑到我们的集市上来选购的。"马世相说。

他们走在花椒树苗间，编织着三年后的美丽图景，他们的心里有了盼头。

时间在花草的枯荣中去了又来，只是这个时候不是彼时的那个时候。现在的花椒树已经亭亭玉立了起来，枝丫也伸展开来，村里请来的专家在现场给村民们讲解花椒树防治病虫害和修剪枝叉的技术。专家还站在一旁，请出一些村民当着他的面进行操作。人们看着被选中的村民笨手笨脚的样子，发出一阵阵的笑声。

没有参加花椒种植项目的人，从远处看着他们，心里有自己的考量，自己在地里种上玉米、土豆，心里最踏实，饥荒来了也有口饭吃。这样想着，心里不免有些得意。

专家去光明村的每个种植花椒的村民小组转了一圈，教授了很多实用的技术。在专家的指导下，村民们也进行了实际操作。

谭德军看着花椒树一天比一天枝叶繁茂，茎秆又长又粗，心里既高兴，又开始忐忑不安。他们不知道今年的花椒行情是个什么样子，还得到外面实地调研。村委会的几名干部和党员代表再次踏上了去重庆的火车。

跟先前一样，为了节省开支，他们坐在过道里，辛辛苦苦地赶到重庆。又到观音桥农贸市场等地去询问花椒的价格。通过调研，他们知道花椒的价格在平稳地上升，每个人的心里高兴不已。只盼着日子哗啦啦地被翻页，让时间来验证他们的抉择是正确的。

这期间，上级部门组织专家对光明村的退耕还林项目进行了验收，总体上达到了要求，验收正式通过。

谭德军看到了光明村的一个最大短板，那就是没有一条宽敞的乡村道路通向外面。村里仅有一条 4 千米的村道。他知道“致富必须先修路”，路通了才能把外面的引进来，里面的输出去。由于条件的限制和经济收入不高，到 2001 年时，村里还没有一辆摩托车，运输全靠人背马驮，这种状况已经严重制约了光明村的发展，必须马上着手改变。

谭德军召开党小组会议，提出修村级公路的设想。没有想到的是，所有党员全力支持。这个建议又被总支会议、村两委会、村民代表会全部通过。

谭德军向上级相关部门报告了这个计划，得到了全力支持。

他们租用设备，带领全体村民开始了村级公路的修建。

光明村人凿山挖土、劈石，经过 6 个多月的日夜奋战，终于修通了一条 45 千米长的村级公路。光明村 1800 多户 7100 多人，出行条件得到了根本上的改变。

在修路过程中，谭德军带领村子里的党员、干部奋战在第一线，用行动诠释着共产党人一心一意为人民服务的承诺，将他们的汗水挥洒在工地上。这段时间他都顾不上回家，有时路过家门与妻子匆匆照个面，又回到施工的第一线。那时他被晒得掉了几次皮，铁锹都换了好几把。人们不敢有一点懈怠，大伙拼尽了全力。一条宽敞、平坦的土石路沿着山坡，穿过村落，蜿蜒地伸向了光明村的最深处，也改写了光明村没有公路的历史。

在这样的忙碌中，谭德军已经与四十不惑很近了，此刻的他急切地等待着2003年的到来。那对于他来说是个意义非凡的时刻，它决定着成败，也决定着光明村人的未来。那时刻越是接近，他的心情越复杂，有时整晚地失眠。同事看到他萎靡的状态，以为他生病了，就劝他到镇里的医院好好检查。谭德军不好把自己的这种担心告诉同事，免得给他们也增加精神压力。

他发现缓解这种压力的最好方式，就是到花椒林里去，看那些枝繁叶茂、散发香气的花椒树，到了那里，压力就会减轻不少。于是，把需要解决的事处理完，他就穿梭在花椒林里，同那些地里剪枝、施肥、浇水的村民聊天。

村民的脸上洋溢着快乐，他们想着终于等到了挂果的时候，终于可以有现金收入了。他们越是充满期待，他的心就越发焦急。

谭德军走累了，坐在一棵花椒树下，望着它的树干，目光渐渐向上移动，看到了灰褐色的枝丫，它们上面有细小的皮孔和略斜向上生的皮刺。青绿的叶子透出强大的生命力，仿佛在告诉他：会有收获的！村民能挣到钱的！

谭德军向下望，入眼一片的花椒林，这可是光明村的希望啊！他赶紧起身往村委会走去，他要跟市林业局联系，请他们派专家过来指导光明村的村民挂果时如何护理、采摘、晾晒等。

村委会的其他人虽然嘴上不说，但心里也在隐隐地担忧，听到要再次请专家过来时，一致表示赞成。有人还建议尽快把专家请过来，顺便预计一下这种长势能收多少斤花椒。谭德军知道所有的村干部、党员在担心收成，怕砸了村民的饭碗。

2003 年的 3 月底，市里的专家来到光明村，不仅教授花椒采摘、晾晒等技艺，还告诉他们这片花椒林今年就会结果。谭德军听了专家这一肯定的话，心里的那些担心才慢慢地消融掉，精神状况也渐渐恢复过来。

4 月的某个星期天早上，妻子匆忙推门进来，走到坐在沙发上听收音机的谭德军跟前，说："我们家的花椒树开花了！"

谭德军从座位上猛地站起来，拉住她的手往外冲。他们下到花椒地里，看到近处的每棵花椒树上都已经绽放出细碎的白花。谭德军又往前到较远的地里，都一样，花期一到挡都挡不住啊！激动的泪花在他眼眶里打转，旁边的妻子说什么他都没有听见。

过了一段时间，那些花变成了一粒粒青色的小果子，随着时间的流逝，颗粒越发饱满起来，散发出诱人的香气。光明村里种植花椒的百姓看到树上结的果实，心里盼着采摘的时刻到来。

那些去过成都的村民在跟其他人吹牛："今年我家卖花椒可以赚 6000 元。"

"你家有 6000 元，我家就有 10000 元。"有人故意这样抬杠。

谭德军和村里的几名党员、干部，再次踏上了去成都的火车，这次他们去了解花椒批发和零售的价格。当他们得知花椒每斤能卖出 60 多元时，众目睽睽之下高兴地相互拥抱，喜极而泣。

批发市场里的人惊讶地看着他们，一脸疑惑。

他们又去其他的农贸市场打听,这一年的价格基本在每斤60元左右浮动。他们在这里联系了一些收购人员,价格到时以花椒的品质来定。

他们又风尘仆仆地坐上车赶回了光明村,及时把这一消息告诉村民们。村民们炸了锅一样,种植了花椒的人兴奋不已,没有种植花椒的人心里酸酸的,多了些悔意。

那天傍晚,杨自英跟儿媳妇杨城梅说:“你给他打个电话,让他下个月回来,这边要开始摘花椒了!”

杨城梅听到婆婆这样说,很惊奇。谭支书当初来了四五次,劝她们种花椒。婆婆不但不理会,到后来还用一些伤人心的话刺谭支书。杨城梅的丈夫打电话劝婆婆,婆婆在电话里骂自己的儿子。后来还跑到村委会,跟谭支书吵架,杨城梅怕事情闹大,把她拉了回来。第二天杨城梅告诉婆婆,丈夫跟她商量过,决定在自家地里种花椒,已经跟村委会说好了。杨自英火冒三丈,不住地训斥起她来。

谭支书请来技术人员栽种花椒时,杨自英又跑去地里,不让他们栽。又是杨城梅把婆婆拉了回来。到了家,婆婆躺到那张简陋的床铺上说:“我都这把年纪了,活不了几年,到时有吃的没吃的跟我没有关系。你们爱种什么就种什么。”

地里栽下花椒树后,杨自英也就不再闹腾了,一下被说服了一般。杨自英时常到地里看一看,有时不免跟杨城梅说:“那花椒树比先前长高了。”

这时杨城梅就知道婆婆已经不生气了。

“叫人家从那么远的地方跑回来干吗？家里还有我呢。”杨城梅说。

“你想把你累死呀，家里可是有10亩花椒树。”杨自英坐在幽暗的角落里说。

杨城梅不想让丈夫在大热的天里跑来跑去，本来在广东打工就已经很累，回来还要坐很久的车。

“告诉你，花椒不光要采摘，还要晾晒，要去卖，你一个人怎么顾得过来。我最多可以帮你带小孩，晒晒花椒，其他的忙帮不了的。”杨自英说。

10亩的花椒地，她一个人确实忙不过来，杨城梅只能让丈夫辛苦一下了。

杨自英坐在幽暗的角落里，算在外面欠的债，花椒卖到钱后还人家多少。杨城梅苦笑了一下，想着每年都能固定地挣些钱的话，那就不用天天吃玉米了。

转眼8月份就到了，外面打工的光明村人差不多都回来了，每家都在准备着去地里采摘花椒。

村干部们却在村委会里酝酿一件大事，他们要通过花椒种植这件事，让全村的人受到教育，让那些之前没有参加进来的人转变观念，加入种植花椒的队伍里来，带领全村人共同走向富裕的道路。

村委会通知全体党员和村民第二天上午到村里的集市开会。各村小组的村民接到通知都很纳闷，马上要采摘花椒，收购花椒的商贩也进入村里，这时候还开什么会呀！

第二天全村人集中到村里的集市上，但没有看到谭德军和村里的干部。

那天阳光明媚，天空蔚蓝。放眼望去，满山翠绿欲滴，村民的房屋从那绿色中露着一点头。

不一会儿，一辆农用汽车拉着满满的玉米和土豆驶进集市中央，谭德军拎着一个米袋走了过来，把那米袋子放在农用车旁。

谭德军望着围成一圈的黑压压的村民，扯开嗓子大声地喊："乡亲们，今天请你们到这里来，是想让你们看一看下面的事情，然后你们自己就会明白其中的道理。"

谭德军说完，拿起汽车旁边的米袋子，请花椒收购者称斤。

袋子放在秤上，收购者大声喊："这袋子里有20斤花椒，按品质，每斤能值60元，总共是1200元。"

村民们听到这个数字，惊叫起来。这叫声里有喜悦、有希望，更有感恩。

栽种花椒树的村民脸上挂着灿烂的笑容，那些拒绝栽种的村民一脸的后悔。

接下来，玉米按市场价，每斤以0.4元被收购。卖3000斤玉米，才得1200元；土豆以每斤0.1元被收购，卖12000斤才得1200元。

无须再多解释了，现场的村民一目了然。那些曾经的"顽固派"后悔当初没有听村干部的话，现在才知道村干部们是真心要带领村民走出贫困的。

2000年，国务院实施"双控"政策后，光明村的村干部们就有了忧患意识，他们想到，要是没有一个种植产业来持续、稳定地增加村民的现金收入，那么村民的吃穿问题就无法解决好，安居乐业也只是空谈。他们在龙头山镇的10个村子里，率先提出了寻找新的经济增长点，历经多次磨难，在上级组织的帮助关心下，终于带领村民寻到了“真经”——花椒产业。它为光明村人实现脱贫进入小康，起到了至关重要的保障作用，甚至也带动了整个龙头山的经济发展。

这次村委会精心组织的集市交易，产生的影响是巨大而深远的，光明村的花椒种植面积从原来的900亩一下扩大到11000亩（后来发展到13000亩），人均经济收益从1999年的690元增长到2003年的4500元；2009年，花椒种植人均收入达到8330元。

光明村里热热闹闹的，除了上岁数的人守在家里看管小孩，其他人都跑到自家的花椒地里采摘花椒，一筐又一筐地背回去晾晒。晚上一家人坐在饭桌前吃顿团圆饭，编织着对未来的想象，其乐融融。

光明村的集市每天晚上灯火通明，来自全国各地的收购者在这里进行交易，各种方言在集市里响起，村民的笑声也飘荡在集市上空。

“60斤——”

“43.5斤——”

“66斤——”

谭德军和妻子、女儿站在远处看着这一切，心里百感交集。他伸出手来握住妻子的一只手。从握手的力度上，妻子感觉到谭德军对她的无限爱怜，心里升起一股暖流，觉得自己之前付出的一切都值得。谭德军也在心里说，我曾经答应，要让你过上幸福的生活，现在离实现这个目标越来越近了。

“爸爸，我考上中学时，你送我什么？”女儿转过头来问谭德军。

“你想要什么？”谭德军低下身子。

“先让我想一想！”女儿的声音在他的耳际回荡。

谭德军一家人种植了15亩花椒树，收入3万元。他想，来年的收入还会增长的，到时光明村的人吃饭穿衣就不用愁了！

“老谭，你们站在这里干吗？到我家喝酒，现在我有钱了。”之前拔秧苗的那个村民走近，还伸过手来要牵住他。

“还有事，改天再去。”谭德军对他说。

“谢谢老谭！听了你们的话，我才挣到了这些钱。”他把拽住的手松开，一脸真诚地走进人头攒动的集市里。

“永远都这样，那该多好啊！”他的妻子充满期许地说道。

“至少10年会是这样的。”谭德军告诉自己的妻子。

“谭支书，我刚卖了2万元。”杨城梅和丈夫抱着小孩走出人群，见到他们就说。

“好好料理花椒树，明年会挣得更多。”谭德军鼓励他们。

“是嘞！谭支书，那我们先走了。”杨城梅和丈夫兴高采烈地从他们身边走开了。

这几天，谭德军看到的每张脸都一样的灿烂、兴奋，这一张一张脸让他的心情好得无法用语言来形容。

“我们回去吧！”他们三个人手牵着手，向高处慢慢地走去，消失在了夜幕里。身后的集市上人来人往，声音嘈杂，非常红火。

四、共富裕

光明村人通过种植花椒树赚到钱的事被传开了。许多村也开始请专家进行调研论证，看他们那边适不适宜种植花椒树。花椒树一下成为龙头山人最爱种植的树了。

花椒收购一结束，光明村的村委会有村民跑来，要求加入花椒种植的行列里，他们不怕等三年，只希望不要被拒绝在这个项目之外。谭德军他们看到村民的思想发生了根本改变，心里非常高兴。全村主动要求加入，一旦这个项目被上级部门批准下来，这规模是何等的壮观呀！今后的产值肯定要翻一番。

村委会的干部们劲头很足，他们对户数、土地面积进行统计，形成报告后上报给上级部门，申请退耕还林项目。上级部门从他们取得的经济实效和社会影响考虑，批准光明村的申请，退耕还林项目及时地落实下来。

光明村人潮涌动，一派繁忙。

村干部和党员们到农田帮助和指导新加入项目的村民种植花椒苗。

“这坑挖小挖浅了，口子再大一点，再深一点。深度要 80 厘米。”谭德军在种植现场检查着树坑的宽度与高度。

“谭支书，这个差不多了吧！”有人边擦着汗边问。

“坑底的土平整一点，到时还要上肥。”谭德军说。他的额头和鼻尖沁出了细密的汗珠。午时的太阳光极其强烈，流动的是闷热的空气。

铁锹插进土里，土被一铲铲地从坑里扔出来，再用十字镐继续掘，人们一身的汗水。村干部们只是觉得身体累一点，心里却满腔的喜悦，村民们对他们的认同感和信任，已经使他们很满足。

谭德军从村民的一声声“谭支书”“老谭”的称呼里，感受到他们对自己的信赖和倚靠，他要带领他们尽早从贫困中走出来，过上衣食无忧的生活。他也知道，现在村子里有很多家庭温饱都没能得到解决，日子过得比较艰辛，他心里感到歉疚。经过这个红红火火的 8 月份，村民们的观念已经得到了彻底改变，他和村里的其他干部有底气、有信心带领他们致富，过上美好的幸福生活。

每往地里栽进去一棵花椒树苗，村民脸上的笑容就像花朵一样盛开。他们在种希望，在种美好的未来。虽然很劳累，但坎上坎下荡漾的是欢快的笑声。

夕阳从山头上落了下去，一阵凉风习习吹来，带来了花椒树独有的香气。疲惫的人张着嘴吸吮这香气，心里一阵阵甘甜。

“收工。时候不早了。”有人这样提醒。

村民们收拾工具向着自家走去，盘山小路上有人哼起了歌。声音不大，却能听出里面洋溢的喜悦之情。

谭德军把脸转过去，想寻找那唱歌的人，可是被先前种的那片花椒林遮掩住，便仿佛是满山的花椒林在低吟。

几十天的时间，花椒苗全部栽种完成。有些家庭的年轻人又外出打工，村子里只剩下老人、妇女和孩子。

村委会又从县里请来林业专家，给村民们讲授花椒树的护理和防虫害。谭德军很认真地听讲并做记录，他对花椒这种干果的习性和特点有了更多的了解。

谭德军学以致用，精心护理自家的花椒树，第二年，他家的花椒收入达到了 8 万元。这是他辛勤付出的回报。光明村里像他这样花椒收入上万元的已经有好几百家。随着现金收入的增加，光明村有了第一辆摩托车。

这铁骑扬着尘土呼啸而过时，更多的人摸着鼓囊囊的钱袋子，想到自己也能买得起。摩托车一辆辆地多了起来，他们与山外的世界一下被拉近了。许多家庭陆续购买了电视、电冰箱，饭桌上已不是玉米饭了，香喷喷的白米饭被端了上来，菜里也有肉了，光明村人的生活已经发生了变化。

赵以朝说："我家的花椒收入，那些年里有 15 万左右。后来就变少了，一年有个三四万吧。"

当时我很惊讶，赶紧追问："为什么呢？"

"5 个儿子年龄都大了，一个个地结婚分家，我家的花椒收入自然就减少了嘛。"赵以朝说这话时，一脸的喜悦。下一代们新盖了砖瓦房，通过种植花椒和打工，日子都过得很好。

从花椒挂果的 2003 年到 2019 年，这 16 年里，光明村的花椒产值已达到 9000 万元，整个龙头山的花椒种植面积达到 36.8 万亩，全镇的花椒产值已达到3亿元，占据整个龙头山一年总收入的近一半。

谭德军说，种植花椒的头几年，他们也走过一些弯路，后来随着科技人员的培训，加上自己的摸索，对花椒种植有了自己的独特经验。比如，挖坑时，坑口要有1米，深度要有80厘米；栽种时需要先施农家肥，再栽下花椒苗；在树苗的根部缠上一点从河里捞的青苔，能起到保水的作用；选好树苗也非常重要。

我和谭德军站在光明村的花椒林观景台上，眺望这13000多亩的成片花椒林，满山尽是绿树覆盖，村民的房屋被掩映在这片绿色之中。

“人在林中走，钱从树上来，花椒核桃街上卖，山野村夫富起来。”这是村民编的一首打油诗，它真切地表达了他们这些年里的真实生活状况。谭德军也被龙头山人和媒体亲切地称为“花椒支书”。

其实，在种植花椒的同时，谭德军也在自家的农田里试种过核桃，也养过蚕。他想通过这些实验，看哪种方式最能赚钱，然后将其推广，找到致富的新途径。他经常拿自家的农田给村里当实验田，他和爱人亲自进行实验，付出了很多时间和心血。

“养蚕是一个非常辛苦的活，最后没有养了。”谭德军如实地跟我说。

当时，养蚕是一个比较赚钱的行当，只是投入的精力和时间是种植花椒的好几倍。最重要的是，每天要在养蚕基地里用石灰消三次毒，这对身体的伤害很大。随着年龄的增长，他觉得有点力不从心，也就放弃了养蚕。

为了使村里人有更多的致富手段，村委会曾经组织村里的贫困户到四川参观，学习养蚕技术，光明村里有许多靠养蚕来实现经济收入增长的家庭。只是随着“8·03”地震的发生，基地被毁损后，这个行业再没有恢复过来。

光明村13社的张元荣家，曾经是村里养蚕规模最大的一户。

最初他们不养蚕，靠外出打工和种植玉米维持生计。那时他们家的生活状况相当艰难，张元荣和父亲辛辛苦苦地外出打工，供养张元荣的两个弟弟读大学。两个弟弟也很争气，学习特别用功，成绩也不错。

两个大学生的学费对这个家庭来说是巨大的费用。外出辛辛苦苦挣来的钱不够，只得跟村里生活状况好一点的人家借，几年下来债务近6万元。雪上加霜的是，2010年，张元荣的父亲为了出去打工方便借钱买了一辆摩托车。可是在练习骑摩托车时，摩托车载着父亲与对面驶来的汽车相撞，父亲倒在了血泊中，丢下一家人走了。

家里的所有重担都落在了张元荣的肩头，这个愣头小伙子一时不知所措。

把父亲的后事办完以后，他丢下母亲一个人在家，自己到外面打工。有时候能寻到打工的地方，有时找不到，就只能空着手回到家里。两个弟弟的学费与生活费把这个家庭压得喘不过气来。

当张元荣绝望地想放弃时，谭德军主动过来找他，坐在他们那间茅草屋里开导他。

“你们的父亲走了，现在两个弟弟在上学，还有两三年他们就能从学校毕业，你的担子那时候就会卸下来。如果你现在放弃，他们只能辍学回来，像你一样整天外出打工，或种地来养活自己。这样多不值得！”谭德军坐在他的对面说。

“谭支书，我是没有办法呀，连个活儿都找不到，自己都快饿死了，还怎么供他们？”张元荣的声音颤抖着，表情凝重而悲痛，眼神里甚至有绝望。他的母亲坐在一旁，啜泣不止。

谭德军看着这一家人，屋子里除了床铺、桌子、凳子，再没有一件其他的东西，他们的日子已经过得很苦了。作为村里的支书，他有责任让这一家人从困境中走出来，保证那两个学生不辍学。

眼前这个用双手捂住脸的小伙子，让谭德军的心疼痛不已。他自己都养活不了自己，还怎么去供养那两个学生。种植花椒需要时间，但他们没有时间，这个家最需要的是现金收入。一旦断了现金收入，一家人的命运将会被改写。

“我们到外面走一走。”谭德军跟张元荣说。

张元荣放下双手，在昏暗的光线中，还是能看到他红肿的眼睛。谭德军用手轻轻拍拍他的肩头，从凳子上站了起来。张元荣也站起来。他们两人一前一后地走出了茅草房。

“看到这些花椒树了吗？现在村民都变富裕了。你们家现在遇到的困难是暂时的，村委会和我会尽力帮助你们，让你们的日子好过起来。”谭德军边走边跟他说。

张元荣只是听，不肯开口说话。谭德军把右手搭在他的肩头，两人紧靠着向前走去。

谭德军跟他讲自己青少年时的艰辛,要他振作起来,不要被一时的困难吓住。还告诉他,外出打工也只是权宜之计,从长远考虑,在村里发展养殖业或种植业,那才是最有保障的。他俩就这样兄弟一样以心交心,张元荣最终表示愿意按照谭德军提出的设想,通过养蚕来摆脱贫困。

他俩分手时,张元荣已经从那种无望的阴影里走了出来,眼神里多了一些盼头。

这件事确定下来后,谭德军教授给他养蚕的一些基本知识,还答应他,村委会将给予各方面的支援,希望他尽快行动起来。

谭德军带领村干部和支委成员到他家,帮助他选择养蚕基地,还帮助他筹措建基地的费用。在村委会的积极帮助下,张元荣的养蚕基地正式开建。这一天,谭德军带领干部和党员,义务帮他搭建房子,很多村民看到后,也参与进来。

在大伙的齐心协力下,张元荣家的养蚕基地很快建好,并投入了使用。

谭德军不仅将自己学到的养蚕技艺传授给张元荣,还让其他养蚕人员指导他。张元荣有了他们的帮助,放下了心。

人们经常看到他背着竹篓进山,很晚背着竹篓返回,辛辛苦苦地养殖着那些将给他带来收益的灰褐色的小虫子。

当桑叶铺成一片,蚕在上面轻轻蠕动时,张元荣的心里特别惬意,7 年多来他没有过这种感觉。他年复一年地往外跑,在工地上累死累活地打拼。而今,待在自己家里,忙碌自己的养殖基地,这可是从未敢想的一件事。他每天注意着屋子里的热度湿度，及时地处理蚕吃剩的桑叶和粪便。每当看到新出生的蚕宝宝，张元荣就一阵阵地激动。

谭德军只要得空，就会跑到这边，看看他的养蚕情况，询问遇到的困难和问题，还帮他在基地里做些事情。张元荣嘴里一直喊着“谭支书”，但心里认定他就是自己的大哥。正因为谭德军这样地关心和帮助，张元荣觉得要是自己不努力，那可真对不住村干部们了。

在他的勤奋和努力下，当年的养蚕收入就达到了 3 万元。这对他是一个极大的安慰，他再不用担心弟弟们的生活费用了。

有了这个稳定的经济收入后，张元荣听从谭德军的建议，在地里种上了花椒树。

“元荣，我们现在的日子过得比以往都好，这是谭支书的恩情，我们得感谢人家。”张元荣的母亲这样提醒他。

这可难为了张元荣，给弟弟们寄去生活费后，家里就剩下几百元，这可是过日子的钱啊。他拿什么去表达感恩之情呢？不去又说不过去，他们家有今天全亏了谭支书。他犹豫了许久，最后硬着头皮来到谭德军的家里。

谭德军还没有回来，谭德军的妻子给他端茶倒水，聊他养蚕和家里的情况。张元荣愉快地介绍着，这时他们听到了谭德军回来的脚步声。

“张元荣，你过来了？有事怎么不到村委会？我一天都在那里。”谭德军以为他遇到了什么难事，需要他们解决。

张元荣这下开始局促起来，双手握在一起不停地搓着。谭德军的妻子看出他的异样来，故意岔开话题："你们家的大学生也快毕业了吧？"

"还有个把年。"说着，他从兜里拿出几张纸币，双手微微颤抖，继续道："没有谭支书，我们的日子就过不到现在这样，今年赚了些钱，但是剩的不多，这是一点心意！"

谭德军拉下脸，挡住他伸过来的手，说："你赚到钱，过上好日子，那就是对我们的最好报答。你们投票给我，选我当干部，就是希望让我带领你们过上好日子。这是我分内的事。"

张元荣涨红着脸，舌头打了结，话都说不出来了。

谭德军把他的手压下去，严肃地对他说："你要这样做，那我以后可不跟你交往了！"

张元荣犹犹豫豫地把手塞进衣兜里，脑袋低了下来。

谭德军摁住他的肩头，让他一同吃晚饭。谭德军的妻子往灶旁走去。

"谭支书，我走了！"张元荣突然站起来，冲出了谭德军的家门。

都没来得及喊一声，张元荣的背影就从门口消失了。谭德军沉沉地坐在凳子上，心情一下变得很糟。像张元荣这样贫困的家庭，村委会进行了各种各样的帮扶，他们的生活现在逐渐得到改善。可那些身体残疾的人、老人和弱势群体，有时却被忽视了。这些人也应该成为被关照的对象，在这个集体里感受到关爱。

后来的党员会上，谭德军提出党员学习或参加支部活动时，就到村里这些弱势群体的花椒种植地里，帮他们修剪枝丫、嫁接、涂石灰水，以结出品质更好的花椒，卖出更好的价格。这项党员活动开展后，个别党员提出质疑，当时谭德军就说："我们曾经举起右手在党旗下庄严宣誓，党的宗旨就是全心全意为人民服务，现在我们去帮助他们，就是履行自己的承诺。"这几句话唤醒了很多党员的初心，他们这个活动一直持续到现在。

谭德军说："光明村种植花椒以来，村民们有了一个比较固定的经济收入来源，同时有一部分人产生了懒惰心理，对花椒树不进行截枝、修剪、护理，结出的花椒是弱果，拿到市场上卖不出好价。"通过 20 多年的花椒种植，如今谭德军只要看看花椒树的叶子，就能知道花椒的品质，估算出它一年的产值。这几年，他时常到外面，推广和传授花椒种植技术。

"花椒有 5 片叶子的，也有 7 片、9 片、11 片叶子的，一般 7 片叶子的结 120 颗果，9 片叶子的结 180 颗果，11 片叶子的结 240 颗果。花椒大坨的不易晒干，第二天再晒，颜色就不怎么好，价格就不怎么高。叶子上有洞的是青花椒，叶子板板的没有洞的不是很值钱。每年要把往下长的枝条剪掉，它叫下垂枝，结出来的是小果、弱果，剪掉后，水分和营养供给上长枝和平行枝，结出的果个头大、饱满，大风来了也不掉，产量就高。科技管理好，比如该防病虫害时防病虫害，该施肥时施肥，该修剪枝条时修剪枝条，这样优质高产的青花椒一亩可产 110 千克至 120 千克花椒，按均价 90 元计算，每亩产值在 1 万元左右。"谭德军给我详细讲述了种花椒的知识。

在村子里党员们的帮助下，弱势群体的收入得到了提高，党员在老百姓心目中的形象更加地高大、正派。

那次事情发生之后，谭德军专程去找张元荣，他俩在张元荣的养殖房里碰了面。张元荣显得很尴尬，谭德军为了缓解这种气氛，说起了张元荣家栽种的花椒树。

“花椒树已经长得很高了，到时你的弟弟们放假回来，该带着他们剪枝整形，防病虫害了。”他把一片吃剩的桑叶捡起来。

“谭支书，那天是我不对。”张元荣主动跟他说。

“别说这件事了。”谭德军四下张望，又继续说，“你母亲怎么没来这里帮你呢？”

“她在家里忙着做饭，到这儿来也不懂，帮不上忙。”张元荣回答。

谭德军这才想起，张元荣现在年纪也不轻了，要是娶个媳妇，还可以帮他承担一些，他一个人也不用这般辛苦。谭德军看着在桑叶上躺着的蚕，眼睛眨巴了一下，笑着问他：“娶个媳妇回来，家里多个帮手。”

“谭支书，我这家境，怎么娶啊！”张元荣苦笑了一下。

“这家境怎么了？以前我跟你嫂子结婚时，我也什么都没有，只要两人真心相爱，这就行了。”谭德军说。

“看看我们村里，很多人家重新盖了房子，还买了车，我却住在茅草房里，债没有还完，这样的状况，不想把别人拉进来，让人家也受罪。”张元荣回答。

谭德军从话里知道他有相好的人了，只是这种处境让他不能跟相爱的人在一起。从张元荣对待两个弟弟的态度中就能看出他是个重情重义的人，处处替别人着想，这样的一个好小伙，婚姻可千万别耽误。

谭德军劝他别被暂时的困难吓住，应该多想想将来的日子。

张元荣很感激地望着他，心想现在自己的日子越来越往好的方向发展。用不了几年，自己有能力把家里之前欠的债全部还清。

“你现在可以算是我们龙头山里最大的养蚕专业户了，还害怕结婚。”谭德军说完笑了起来。他担心时间拖久了，姑娘那边有变。

张元荣也被逗乐了，开心地笑出声来。他的样子是如此地可爱、纯真。

“姑娘愿意的话就结婚吧！需要我帮助，你就跟我说，都这么大的男人了，做事要果断。”

等谭德军离开，张元荣心里就想起了吕娟。他们是在外出打工时认识的，她看着是那样地顺眼顺心，后来满脑子里都是她了。他也有意跟人家接近，发觉她对自己没有反感时，把自己的爱说给了她。当时她没有答应也没有反对，就这样接触着，关系也越来越亲密。只是家境贫寒，他才不敢提婚嫁的事情，到后来父亲去世，他就更不敢奢望她的爱情了。虽然偶尔会通话，但都是很平常的问候，心里的那份感情被压得快要窒息了。他也一直担心，时间一久，人家遇到更好的变了心。想起这些事，他心里充满烦躁。

那天他终于给吕娟打了电话。张元荣支支吾吾一阵后，终于说出了“嫁给我”这句话。对方在电话那端沉默了很久，之后才问：“真的吗？”张元荣急忙说：“是真的。”那边又是一阵沉默：“那好吧！”

两个相爱的人关系最终确定了下来，张元荣的妈妈知道后很高兴，想着心头的一个结终于解开了。但这种兴奋劲没能够持续很久，因为严酷的现实摆在了面前。人家要是嫁过来，家里连件像样的家具都没有，结婚的钱又怎么办？问题一个个地出来，让她头痛。

那晚母子俩待在房间，妈妈长长地叹息一声，说：“好不容易遇到这么个好姑娘，偏偏家里穷得连结婚买家具的钱都拿不出来。这家把你坑苦了！”

“明天我到邻家，看能不能借到一些钱。”张元荣的妈妈无奈地说。

他抬起头望了她一眼。妈妈面色憔悴，头发里也掺杂进很多白丝，那身蓝布的上衣穿了很多年，已经发白了。妈妈这么多年一直生活在穷困里，没能过上好日子，最终她对这一切就变得麻木了。

张元荣的妈妈去借钱的事被谭德军知道了。很多人没有借。这些都是正常的，张元荣家在外还有几万元的债，借了不知何时才能收回来。他们家现在就靠张元荣支撑，而且还要养活两个学生，村民们很清楚他家还钱很困难。

正当张元荣和他妈妈绝望之时，谭德军再次来到他们家。

谭德军进屋后直截了当地问：“结婚的钱凑齐了吗？”

“谭支书，这事把你也给惊动了。这话传得这么快。”张元荣的妈妈歉疚地笑着说。

“去了几家，都没有借到。”张元荣有些沮丧。

“你们还差多少跟我说，这婚事可不敢耽误了。”谭德军说。

他们母子俩没有想到谭支书会答应给他们借钱，感动的泪水簌簌地滴落下来。

张元荣离开光明村，到曲靖吕娟家商量了婚事。女方家看到憨厚的张元荣心里也踏实了，想着女儿跟这样一个人生活，日子会过得比较稳定。这个婚事也就答应了下来。

2013 年，张元荣和吕娟结婚了，这对夫妻开始了他们的新生活。

这一年，张元荣家的花椒卖了几万元，加上养蚕的收益，外面欠的债大部分还掉了。之后，两个弟弟相继毕业，分别找到了工作，作为哥哥的张元荣也无须再承担那份责任，他们家的经济状况马上得到了改善，茅草房变成了瓦房，后来变成了砖房。张元荣也买了一辆面包车，有时带着一家人去鲁甸县和昭通市玩。

张元荣的养蚕基地后来成为鲁甸县最大的养蚕基地。地震发生时，养蚕基地被震毁。从那时开始，光明村里再没有人从事养蚕这个行业了，都靠种植花椒和外出务工来维持生活。张元荣每年定期修剪花椒枝丫、涂石灰水、施肥，闲时开着那辆车去打工。

张元荣告诉我：“地震前，光明村里摩托车有几千辆，运输车 30 多辆。地震发生以后，都改买面包车和小轿车了，小汽车加起来有 800 辆左右。”

在谭德军和村委会的带领下，光明村人依靠花椒种植和养殖、外出务工，过上了跟城里人一样的生活，饭桌上不再是玉米和土豆，而是香喷喷的稻花香、秋田小町大米，各种时令菜应有尽有，出行是现代化的交通工具。之前，村子里有 279 户是建档立卡贫困户，随后，贫苦人数逐年减少，至 2017 年底，实现了整村脱贫。

五、无限美

往昔的日子总是令人回味，那里有艰难的跋涉，也有苦苦的寻求。当梦想变成现实之时，再去回想走过的历程，其间的甘甜辛酸，俨然成为人生的财富，使人胸襟开阔，坦然面对生活。如今，已是龙头山镇副镇长的谭德军，依然保持着本色，保持着低调。

花椒的故事还没有结束，那就继续吧。

花椒让光明村的人一下富裕了起来，光卖花椒收入达到万元的就有 586 户，每年他们卖出的花椒苗近千万株。截至 2018 年，全村经济收入达到 9300 万元，人均纯收入达到 8339 元。村民们种植花椒的热情高涨，杨城梅说："现在我婆婆，只要有块空地，她都要说，要栽花椒！"人们从以往的拒绝种变成了现在的抢着种。

2014 年，花椒收获时节又到了，在外地打工的人们陆陆续续地回来了。据杨城梅介绍，她们家光采摘花椒就要两个多月。可见杨城梅她们一家种植的面积有多大。收获花椒的时候，也是光明村人全家团圆的时候，一家人一同上山采摘，一同在一张饭桌上吃饭，其乐融融。

那天谭德军也到自家的花椒地里采摘，虽然有些辛苦，但看到颗粒饱满、散着香味的青花椒时，就不觉得疲劳了。满山的花椒树中，人们辛勤地劳动，不时也能听到手机里播放的音乐。一辆车从村级公路上驶过，车尾卷起一阵灰尘。

谭德军把采摘的花椒放在簸箕里，再移动木梯攀到树上。手刚伸到一坨深青色的花椒上时，一阵摇动，他从梯子上摔下来。梯子也倒在了一旁。身下一阵剧烈地晃动，他看到花椒树都在颤抖，发出沙沙的声响。他以为是错觉，从地上慢慢地爬了起来。地又开始摇动。这下他明白是一场地震。他听到尖厉的叫喊声，也有人发出撕心裂肺的惨叫。

他把遇到的村民全部召集起来， 再让人赶紧去叫马世相、杨宏、肖慈翠等几名党员。得知近处有房屋倒塌，赶紧跑到现场开始挖掘，从一堆堆的瓦砾和土石下救出了 8 个村民。

谭德军周围的村民越来越多了，他立马成立一支现场抢险救援队，组织村民分头进行救援，往平坝上转移。

“快救救我的两个小孩，他们要是死了，我再没亲人了——”有人这样哭喊着。

谭德军和村民们投入抢救的工作中。他们用手搬动上面的木头、砖块，旁边撕心裂肺的哭叫声嘶哑了。挖出小孩时，小孩已断了气。妇女冲过来，抱住小孩号啕大哭。谭德军看着这一幕，眼里涌满泪水。一路上，他们把遇到的人集中起来进行转移。需要施救时，男人们留下来，到第一现场进行救援，妇女和小孩转移到平坝上。

不时有余震，摇晃几下又停下来。很多房屋垮塌。

天色逐渐转暗，谭德军带领剩余的人赶到村里的集市。分散到各处的党员把能集中的人全部带到了这里。4900多口人挤在坝子上，有人为失去亲人痛哭流涕，有人为了找家人大声呼叫。

谭德军把4个支部21个村民小组的党员召集起来，安排他们抢险救灾的具体事宜。党员们分头把这近5000人暂时安顿好，把遇难者的遗体安置在另一处。

夜色把一切笼罩，村民们被落下的雨水打湿，他们打着寒战等待黎明的到来。那夜，谭德军没有合眼，他在人群中不停地穿梭着。这时候人们才发现，有个当家的人，他们的心里感到踏实，有倚靠。作为共产党员的谭德军，是代表党在为光明村的老百姓做事。

地震以后，手机打不出去，通往外面的路被阻断。外面是什么情况，他们不得而知。但谭德军知道，他作为书记，必须要保障这些村民的生命安全，不能再让他们受到伤害。

第二天，天色刚亮时，谭德军指挥人员到失联的各村小组，把群众从山里转移到平坝上。

此时，平坝上不仅有光明村的人，还有外地来的商贩、记者，集中在集市上。谭德军组织党员和村民到附近的垮塌房屋进行救援。一天下来，他们挖出了许多遇难者的遗体。

道路不通，无法将遇难者的遗体运出火化，他们的亲人围在旁边哀凄地哭，那景象让人心痛不已。无法与外界联系，这些人就这样集中在平坝上。

后来，飞机飞到了光明村的上空，投送了食物和饮用水。人们躁动的情绪才稍稍得到了平复。

这次地震，光明村有65人遇难，主要是老人和小孩，倒塌房屋1000多间。

抢险队员把道路打通后，将光明村的人转移到了安全的地方，死者也得到了妥善的处理。光明村人这才知道，这次受灾最严重的是龙头山镇。

鲁甸县“8·03”地震发生后，光明村党支部在市县组织部门的指导下，在集中安置点成立了6个抗震救灾临时党支部。谭德军任光明村魏家梁子临时党支部书记，立刻投身到繁杂琐碎的事情中。

谭德军带领党员干部和群众代表安置光明村人，分发食物、被褥、生活用品等，对所有家庭进行登记。他们的工作做得扎实缜密。

房屋倒塌，亲人逝去，大伙把心拧成一股绳，奋力救险。

2015年，习近平总书记来到龙头山，在集中安置点亲切接见了他们这些基层干部，还叮嘱他们，灾后重建结束之时，也是脱贫攻坚结束之日。他们这些基层干部动力很足，心里开始想着，如何完成习总书记的这一嘱托。

谭德军投入光明村的恢复重建工作中。光明村的恢复重建是最快的。当龙头山镇还在设计规划之时，光明村已经完成恢复重建，并开始进行搬迁。这样的速度得益于光明村这些年花椒产业带来的效益，如果没有经济基础做后盾，岂能以如此的神速完成建设。

“光明村恢复重建，总共投入了3个亿，其中，国家住房补助9000万元，村民银行贷款5000万元，村民自己却拿出了1.6亿元。1670栋房屋倒塌，恢复重建2121栋。”谭德军介绍说。确实，地震前的这11年里，光明村的花椒收入是相当可观的，要不群众怎么能一下子拿得出这么多的钱建房。

黑色的柏油路从村子里穿行而过，钢筋水泥的医院、学校拔地而起，集市上的商店一溜排开，中间的坝子铺上了水泥地。投资1980万元，实施了沿河至光明村的管饮工程，解决了下半山16个村民小组的饮水问题，解决了马鞍山等上半山3个村民小组的饮水问题；投资1168万元，新建水窖351个，管饮工程8条，解决了剩余村民小组的饮水问题。修建了通村的四级柏油路19千米，连接昭巧二级路至光明村21个村组至火德红村，通村小组硬化道路10千米，危险路段修建必要的安全防护措施。新建红十字会博爱养殖基地1个、小学1所、幼儿园1所、卫生室1所、村民小组垃圾池60个、党员组织活动场所2个。

我在集市上的商店里跟杨城梅交谈，她说：“恢复重建时，我和丈夫商量，买下了这间门面房，男人还是外出打工，婆婆照看家，我在这里做服装生意。我一年可以赚3万多元，男人打工也有4万元左右，加上花椒收入，年收入8万元至9万元吧！”

我猜想她的这个数字比较保守，因为杨城梅家有10亩花椒地，其他两项的收入加起来，也达不到种花椒的收入。

杨城梅的商店里挂满了各种款式的衣服，从她那快乐的神情就能知道，她的生活是富足而幸福的。我想起了之前她说的一句话：“以前起风的时候，到处是灰尘。后来谭支书带领我们种花椒，山变青了，灰尘也没有了。”

现在整个光明村被绿色包裹得密不透风，村民的房屋从绿色中露出一点顶来，远远望去，令人心旷神怡，仿佛置身于一片绿色的海洋之中。

光明村以种植花椒声名大振，谭德军也因带领村民种植花椒被更多的人认识。2013 年 9 月，中央电视台“走基层·寻找最美村官”报道组对他进行了报道。他多次获得鲁甸县颁发的各种奖项。

在发展花椒产业的同时，光明村也在考虑其他产业。村委会紧紧围绕着“农民增收，潜力在山，关键在林，特色在青花椒、核桃”的林业发展思路，在大力加快青花椒产业发展的同时，核桃种植、椒林土鸡养殖业也开始启动。

光明村在灾后重建之时得到了全国各地的大力援助，许多企业以较高的价格买走了花椒，花椒的收入比之前还要好。

谭德军的爱人非常热情和好客，在跟她的交流中，我得知他们的小孩已大学毕业，分别在昆明和宜宾工作，现在家里就剩下他们两个人。当我问她对谭德军的评价时，她开怀大笑了起来。我从她的笑声里听出她对他的认可。谭德军为自己的梦想奋力拼搏时，他的爱人为他扛起了这个家庭的重担，让他无论遭受挫折还是取得成功，都可以在家里得到休息，踏上新的征程。

2000 年，谭德军被村民们选举为村委会主任，2013 年换届时，村民们再次选举他为村委会主任。他对村民们的那份奉献和牺牲精神，使他赢得了光明村绝大多数村民的信任和支持。赵以朝对我说："我们曾给龙头山镇的20名村主任进行打分，最后我们的谭支书拔得头筹！"

2016年3月，谭德军因工作成绩突出，参与国家考评时被转为国家公务员，调到了龙头山镇。他的责任更加重大了，他要与其他班子成员一道，实现龙头山的再次腾飞。

现任光明村村主任肖慈勤说："以前光明村人生活穷，没有奔头，村民们经常喝酒赌博无所事事。自从谭德军引进花椒树开始大面积种植，村民赚到了钱，生活质量得到提高，逐渐摒弃陋习，开始追求幸福的生活。2019年，光明村花椒收入最高的一户收入为30万元。现在我肩头的压力很大。"

他们已经开启了电商平台，在发展花椒、核桃、椒林土鸡的基础上增加了黄牛、生猪养殖，经济效益逐渐体现出来。核桃种植面积达到0.7万亩，其中挂果0.5万亩，2018年实现产值300万元，椒林鸡养殖示范基地有3个，年出栏土鸡1万只以上。昭通市委宣传部投入10万元作为村集体股份，村集体股份10万元，建档立卡贫困群众34户入股4.05万元，红十字会生计滚动发展资金15万元，建成了光明村黄鑫种养专业合作社，主要进行黄牛养殖。目前有黄牛28头，截至2019年5月，毛收入10万元，实现了光明村集体经济长期以来零的突破。

据了解，鲁甸县正进行第三产业规划，不久有望看到花椒沐浴露、花椒香皂、花椒洗发水、花椒麻醉剂、花椒足浴包等产品推出。

我想起了跟着谭德军去光明村时的情景。他开着车一路给我介绍光明村的花椒、核桃、椒林土鸡，他神采奕奕，滔滔不绝。我俩站在山脚旁，看着他指的地方。现在想想，那里真是有无限的美！村民不仅富裕了，村里绿水青山，村风又是如此文明、祥和。

这里的花椒树结出了幸福的果！

第三章　卯家湾的春天

一、姚太银

如果你读过胡安·鲁尔福的短篇小说《卢维纳》，那么你会对那个地方留下深刻的印象，那里的景色会像一幅画卷展现在你的眼前，它的荒凉、闭塞、孤寂，令你心颤。我在这里要讲述的是跟它有些近似的一个地方，它是云南省昭通市鲁甸县乐红镇乐红村的蒋家包包。

它被金沙江中下游的支流牛栏江环绕，峡谷里山高坡陡，村民就生活在山腰上。从山腰处探头往下看，能直直地望到山脚。这里土地贫瘠，靠天吃饭，时常发生人与牲畜从坡上不慎掉下山崖坠死的事情。他们赶一趟集，得沿着陡峭的山路，走上近 3 个小时。从下抬头望，那陡直的坡令你心虚胆寒，头皮发紧。

这陡峭的山坡上，住着 30 多户村民，靠种粮和种植核桃维持着生活，他们的土坯房屋参差不齐地散落在坡地上。贫困是他们迈不过去的坎，扯着他们的后腿。以至于姚太银的父亲曾恨恨地发誓说："要是我有钱，绝不会待在这个种什么都长不好的地方。"他在这里已经生活了50多年。

播种下去，就等着老天洒下甘露，浸润地里的种子，让它发出嫩芽。青苗从土石掺杂的地里顽强地露出尖头，蒋家包包人的心里荡漾出一圈激动的涟漪，凝滞、暗淡的眼睛里放射出希望的亮光。他们在心底里祈求风调雨顺，有个丰收之年。

老天高兴了，雨就会哗啦啦地落；老天不高兴了，太阳白花花地照在头顶，把地里的那一点点水分蒸发干净。蒋家包包的人，只能看着老天的那张脸，把一天天的日子耗在坡地上。人生的首要目标就是填饱肚子。

"我要到外面打工！"姚太银说。

他的父亲抬起脑袋，看着他瘦弱的身板，说："出去吧，还能糊口。"

姚太银18岁时被生活所迫，离开蒋家包包，踏上了去昆明的路。

他的父亲、母亲、哥哥、嫂子站在那棵核桃树下，看着他背着被子走下山坡。父亲没有离别的伤心，他知道出去后吃到的饭总比这里的要好。

家里人口越来越多，可这块地还是那么点大，让它养活这么多人，它怎么承受得了啊！40多岁的男人，被这里的阳光晒得面庞紫黑。

父亲转过身，离开那棵核桃树，向自家的房门走去。他不愿替姚太银担心，都是穷啊，才不得不离开这里，到外面寻一口饭吃。

姚太银离开蒋家包包，顺着峡谷小径往前走，他的心里有些隐隐的担心，到了乐红镇怎样去县城，又怎么从县城到昆明？他兜里只有家里人省吃俭用攒下的那么一点钱，可不能糟蹋了。

在山脚那条细瘦的小径上，他像一只落单的鸟儿，孤独地向前走，寻找一片能够栖息的林地。他听到旧鞋子与沙土摩擦发出的嚓嚓的声响，这脚步声驮着他去寻求幸福的梦想。

在去往昆明的客车上，他认识了一个人，也是到昆明寻找活路的。那人说到时带他一同找干活的地方。

下车时，天已黑了，眼前的城市灯火璀璨，车流不息。他想着自己将来要融入这个城市，成为其中的一个部分，便有了很多的憧憬，心情也是舒畅的。

他听从这个朋友的建议，在附近找了一家廉价的旅馆住了下来。

第二天，这位朋友带着姚太银找到一个工地，通过熟人的引荐，在这里打工。姚太银的第一次外出打工，过程很顺利。

背砖、搬钢筋、抱水泥袋等，是他们每天主要的工作内容，姚太银干起来很顺手，他想原来在外面糊口是这般的容易。

几个月后，活干完了，他又辗转到别的工地。几个出来打工的人合伙租了一间房子。与这些人比，姚太银对很多事情抱着一腔热忱，他们却没有这些情感，干活就是为了挣钱，挣钱就是为了养活家人，目的明了清晰。

春节临近，姚太银带着攒下的一点钱，回到蒋家包包，把辛苦挣来的钱交给父母。他们什么都没有说，父亲将钱装进衣兜，卷起烟叶抽了起来。

那股熟悉的味道飘荡在房间的各个角落，家里没有给姚太银温馨的感觉，他躺在床铺上，反倒开始思念昆明的工地、简陋的出租房、热闹的街道。

春节一过，他又启程开始新一轮的打工。有时找得到活，有时找不到，在这样的反复中，这一年被打发掉了。他拿着不多的钱，再次回到蒋家包包。

"现在这日子越来越难过了，这次出门你把妹妹也带上。"父亲吐出一缕烟圈说。

姚太银隔着飘散的烟看父亲，父亲那张瘦长的脸上飘着惆怅和无奈。现在的父亲是被时间打败的人，和他曾经一样有过梦想，只是一次次的失败后，只能接受现状。

现在村子里的年轻人都往外跑了，这里的土地养活不了他们。上了岁数的人就待在这里，守着这片土地。

姚太银带着妹妹离开了蒋家包包。父亲送别他们时，嘴角露出的那丝复杂的笑，在他头脑里久久地停留着，还有那刺鼻的烟丝味道。

妹妹倒是很开心，背着他之前背过的那个廉价双肩包，里面装着几件换洗的衣服，不住地跟他说话。他简单地应着，脚步没有停歇。

姚太银感觉，他一直在逃离，逃离成长的地方，他对这个地方已经没有了眷恋。如果父母不在，他会选择永远不回来，把它从记忆里抹去。他要带着妹妹往一个不可知的地方流去，是他无法掌控的力量在裹挟着他。在这奔流的过程中，他唯一希望的就是每天能挣到钱，吃上一碗饭。

从妹妹那张笑盈盈的脸上，他读出了她内心的喜悦，也看出了她对外面世界的那份向往。此刻，他们兄妹俩正在寻求一种保障，让自己有饭吃有衣穿。这就是他们的全部目的。

兄妹俩在他之前住过的地方租了一间房子，一个月的房租交完，身上就剩下吃几顿饭的钱。

姚太银带着妹妹到处找活干，最后她留在了一家卖水果的店铺里。他自己又到各个工地上找雇主。

他们辛辛苦苦地劳动，工资不敢乱花，一分一角地攒起来。

姚太银每次下班回来，看到城里的人无忧无虑地坐在饭馆里吃饭喝酒，心里就有一种疼痛，可一想到自己是蒋家包包的人，这种疼痛就会减弱。他迈着沉重的脚步，往家的方向走。

姚太银的妹妹回来得晚一些，天黑了才能下班，到家时是晚上9点左右。

他们煮了面，两个人坐在床沿吃。“哥，我不想干了，那老板娘经常训人。”

姚太银往嘴里塞进满满的面，吞进肚子。他只是看一眼她，没有说话。

“我回来时顺路打听了，有个商店答应我去试一试。”妹妹端着碗跟他说。

“开的工资怎么样？”姚太银关心地问。

“差不多，只是东西卖多了，说是会有提成。”妹妹那张质朴的脸上满是盼头。

姚太银把碗里的那点面扒拉进嘴里，说：“别忘了，把那边的工资结了。”

妹妹高兴地点头。他想，对于妹妹来讲，他就是她的依靠，他要照顾好她。

命运的手总是在不经意当中改变一些东西，让你顺着它指引的方向走。妹妹工作地方的变动，让姚太银的生活也发生了重大改变。此刻的他全然不知。

姚太银到妹妹上班的地方找她。进入妹妹上班的店，跟她一起站着的那个女孩，突然让他的心剧烈地跳动起来。他知道自己喜欢上了这个女孩，脸开始发烫。妹妹打着招呼走过来，他粗略地说完事情，眼睛又往那里瞟了一眼。女孩中等个子，剪着一头齐发，五官都很端正，她身上的某种东西要把姚太银的心给掏空了。他不敢再多看一眼，丢下妹妹，匆匆往住的地方走去。

姚太银恋爱了，但这只是一场单恋，而且让他六神无主。

一下班，他急忙回到驻地，把脸和头洗干净，再换上干净的衣服，往妹妹上班的地方冲去。见到心仪的女孩，他心里一切繁杂的念头都不见了，纯净地只装着对面的这个人。他跟她说话了，知道她叫罗富燕，是巧家大寨人。

罗富燕大大方方地跟他说话，还不时地去接待客人。她把他给摧毁了，让他的心无处安放，让他的情感备受煎熬。

几次后，他的妹妹发觉了，回到住处很认真地问他是否喜欢罗富燕。姚太银摇着头否认。妹妹看到他的狼狈相，在一旁开心地笑起来。

缘分到了，一切那么顺其自然，无须掩饰，无须造作，无须刻意。

那晚他们三个人坐在路边的一家米线店里，聊起了各自的生活。两颗心在交流中碰撞，擦出了爱情的火花。

那夜的街头行人稀少，路灯照射在道路上，三个在昆明讨生活的人走在了一起。那夜的散步成为他们一生的记忆。硬邦邦的道路，呼啸的汽车，挺直腰板的树木，变成了最美的背景。

姚太银与罗富燕的恋爱关系确立了，对未来生活的喜悦和憧憬激荡着两颗年轻火热的心。

外出打工潮中，发生着许多这样的爱情故事。在陌生的城市，天南地北的人聚在一起，他们的情感也寻到了倚靠，寻到了归宿。有些从此有了完美的结果，有些则带着伤痛凄然地结束。

姚太银和罗富燕各自回家过完年，回到昆明后他们生活在了一起。

姚太银这才发现两个人一同生活，他就得承担更多的责任，要更勤奋地挣钱，唯有这样，他们的日子才能过得踏实。他们两个人都拼命地干活。

2012 年，他们领了结婚证，简单地举办了一场婚礼。

等办完婚礼，他俩告别姚太银的父母哥嫂，又踏上了去昆明的火车。在那里他们才有希望，才有未来。要是待在蒋家包包，吃饭会成为最大的问题。平均每人只有几分地，种出的土豆都养不活一头猪。现实，就是如此的残酷。

姚太银奔忙在各个工地，罗富燕也在饭馆、商场等地打工，他俩努力挣钱攒钱，只为将来过上好日子。

姚太银只能靠出卖体力获取一份工作，与技术工相比，他的收入是最低的。他也经常会处于一两个月没有人雇用的尴尬境地。那时候姚太银的心里火急火燎，想着要付房租、电费、水费。就在这样的循环中，他俩努力地打拼着。

2013 年的中秋节，罗富燕买了月饼，准备把姚太银的妹妹也叫上，三个人晚上一同吃饭。择菜时，她接到姚太银的电话，说他爸爸从核桃树上掉了下来，现在正送往县医院。罗富燕匆忙收拾，直奔客运站。赶到时，姚太银和妹妹都在那里。他们坐上车，赶往鲁甸县医院。

一路上，他们心里焦躁不安，不知道父亲摔得多严重，会不会有生命危险。他们只觉得车子跑得太慢，三个人谁都不愿说话。

赶到医院时，父亲躺在病床上，身上插着各种仪器。大哥告诉他们，医生说父亲没有生命危险，但头摔得很严重，可能有严重的脑震荡。

父亲住院了，姚太银把不多的积蓄全部拿了出来。即使这样他们的钱还是不够，只能向亲戚朋友借，欠了不少的债。

他们在医院里陪了一个多月，等父亲稍微好转，他们又回到昆明继续打工。

从那时起，姚太银和罗富燕挣的钱，除了生活开支，其他都用来还债。父亲出院后留下了后遗症，耳朵听不清，要靠吃药来维持。这又是一个新的负担。

罗富燕怀孕了,肚子一天天地隆起来,她没法再打工,只能回到蒋家包包待产。在外挣钱的只有姚太银和他妹妹了。

罗富燕生了个儿子,这让两个老人愁苦的脸上有了些喜色。坐月子期间,连补身体的鸡都买不起。小孩3个多月时,罗富燕离开蒋家包包,回到了昆明的出租房里。

姚太银从早到晚在工地上劳累,用自己的血汗换来微薄的收入,承担着养活两个家的责任。苦了、累了、痛了,只能一个人咬着牙承担。姚太银的性格慢慢变了,先前的朝气从身上消失,他变得沉默寡言。

这时又有坏消息传来,母亲膝盖出了状况,上坡时爬不动,老人非常遭罪。姚太银觉得老天对他们家太不公平了,贫穷、伤病如影随形地依附在他们身上,在这些重压之下,他连喘口气的时间都没有。想到这些,姚太银很绝望。听到儿子清脆的哭声或牙牙学语声,他才会丢掉这种消极的思想,他要为罗富燕,要为儿子奋斗,让他们不要与自己一样过这种艰难的生活。

姚太银他们的日子就在这样拆东墙补西墙中艰难地度过。

罗富燕又怀上了一个小孩,临产时,她带着儿子回到蒋家包包。

他们家的小孩太小,需要有人盯着,担心不小心从山崖掉下去。有一次,他们的儿子在坡上被绊倒,额头上划出了一道口子。

姚太银的父亲身体虽然恢复了过来,但已经不能干任何重活了,母亲也因膝盖滑膜液的减少,走路极不方便。罗富燕虽然怀着孕,但依然要挑水,料理庄稼地。

如果天不旱，雨水多，村里的人吃水要方便一些。遇到干旱年，就得去很远的地方挑水。这里吃水特别困难。

如今，村子里除了上了年纪的人，年轻人全跑到外面打工，这边的土地已经养活不了这么多的人了。

罗富燕站在家门口的那株核桃树下，腆着大肚子，每天晚上望着昆明的方向。她心里很想念姚太银，也知道此刻他疲惫地躺在被窝里，明天还要继续辛劳。自己的小孩长大后，也会跟他们一样为了填饱肚子而日夜奔忙吗？他们已经注定要在艰辛中了此一生，她的后代还要这样生活吗？她把手搭在肚子上，眼睛里涌满伤心的泪水。

天空中繁星点点，一轮上弦月挂在对面的山顶上。从这里观望这些星月，它们是如此的明亮与清澈，比在昆明看到的都要闪亮。夜风吹过，夹杂了一些矿物的气味，没有了原本的清新气息。她真想给姚太银打电话，可是现在已经很晚了，这会打扰他的休息。罗富燕把手机装进衣兜，转身向着自己的家里走去。

罗富燕第二胎生了个女儿。姚太银在电话里说，现在找不到活，他要赶回来陪她。罗富燕听到这句话，感动地落下泪来。

一个月过去，姚太银又要回昆明找活干，父亲的背有些驼了，精神也不像先前，整天拄着拐杖，站在村子尽头的山崖边凝望前方。但他是看不到前方的，只要在蒋家包包。一座座山横亘在前方挡住了他的视线。他只能看到这熟悉的山脊，他的眼睛里装满了峡谷的孤独和荒凉。

“明天我也想跟你一起走。”罗富燕跟姚太银说。

“你的身体还没有恢复，再等一个月吧。”姚太银说。

“以后我们的小孩也跟我们一样的命吧！”罗富燕把自己的担心说了出来。

姚太银盯住她的脸，一脸的惊讶。之前他根本没有想过这个问题，现在被罗富燕提出来，他心里很震惊。自己几十年里都在跟贫困抗争，他的下一代如果也要这样，他会痛苦不已。

姚太银没有吭气，坐在床沿上，瞪着一双大眼，看着家徒四壁的屋子。他急促地喘息着，双手一下抱住了自己的脑袋。

姚太银和罗富燕这一对夫妻，对未来充满了担忧，但为了家里的父母和幼小的孩子，他们又不得不继续打拼，只为下一代有比他们好一点的未来。

当姚太银早出晚归付出辛劳时，罗富燕却生病了。为了医治，他们又不得不借钱。

正当他心灰意冷，觉得人生没有奔头时，蒋家包包那里来电话说，政府要把他们搬到县城去。他不知道这是怎么回事，但这一消息重新点燃了他心里的希望之火。

终于可以离开那个贫瘠而荒凉的峡谷地了……

二、刘双剑

初见刘双剑，感觉她还很年轻，留着一头短发，眼睛细小，上身穿了一件米色的羽绒大衣，下身穿黑色的紧身裤。在她家里，我们围坐在一起，听她讲述过去的经历。她的那些经历如小说故事一样深深地吸引了我，让我看到了她平凡中的许多闪光点。

17 岁的刘双剑离开曲靖的农村到昆明打工，她到处去找活干，后来被一家饭馆老板留用了，每月给她开 200 元的工资。

刘双剑在这家饭馆负责打扫卫生、接待客人、端碗收碗等琐碎事情。饭馆并不大，里面陈设也比较简陋，主要卖米线、面条，生意也不温不火。客人一进来，刘双剑就要迎上去，询问要吃什么，然后跑到厨房告知师傅，再把热气腾腾的饭端给客人。等客人吃完了，她赶紧收拾碗筷，拾掇干净，要是垃圾桶满了，就去倒干净。

刘双剑跟几个女孩一起租房。微薄的 200 元，让她很难有积蓄。虽然她极其节俭，但到了月底，钱差不多全部花完了。客人来自天南地北，有些态度好，有些蛮横，有些纠缠不清，她都要客客气气的。

其中，有个跟她岁数差不多的男孩，隔三岔五地到饭馆来吃饭。每次点完餐，他就安静地坐在那里，眼睛瞟着街上来回走动的人出神。直到把餐送到他的面前，他才掉转头，拿起筷子。他留着一头黑发，身材比较单薄，说话极其简短。每次吃完，他站起来向着同一个方向走去。来的次数多了，刘双剑认识了这个客人。他们两个熟了以后，也有过简短的几句交流。刘双剑知道他在附近的一家洗车公司上班，从外地来这里打工。

刘双剑那时的梦想就是待在昆明，努力地挣钱，等有了些积蓄就回家。她的梦想简单得不能再简单了。一次意外改变了她的梦想,她的人生轨迹发生了根本的改变。

那天,去上班的路上,刘双剑看到这个经常来饭馆吃饭的年轻人捂着肚子从对面走过来,近了才看清他脸色苍白,额头上是豆大的汗珠。刘双剑看到这情景,就停下脚步,问:“你这是怎么了?”

“我肚子疼。”年轻人说。

“你得到医院,这样街上走着不管事啊。”刘双剑说。

“我没有去过医院。”年轻人说话时,脸都变了形,额头上冒的汗更多了。

刘双剑看他病得不轻,加上一个人形单影只,觉得他是个很可怜的人,一腔怜悯涌上心头,她立马伸手过去,扶住了他的一只胳膊。

刘双剑搀扶着他走到路边,摆手叫停出租车。一辆出租车停在他俩的身边,她把他扶上车,一起坐上了车。

刘双剑忙前忙后地替他挂号、排队,再把他扶到医生跟前。他被确诊为急性阑尾炎,需要马上做手术。这时刘双剑才知道这个年轻人叫袁向红,18岁,是新街镇坪地营村人。由于报销原因,袁向红只能到鲁甸县医院治疗。

刘双剑为难了,丢下他一个人,心里会内疚,可自己又跟他什么关系都没有。他一阵一阵的低吟声,让她最终决定帮忙帮到底。刘双剑扶着袁向红走出医院,再打车赶到了长途汽车站。

她按照袁向红的要求,给他的父母打了电话,告诉他们袁向红要回鲁甸县医院进行手术,要他的父母赶到县医院。

一路上，袁向红忍着疼痛坚持着，刘双剑坐在他的身旁，不停地擦拭他额头上冒出的汗。袁向红低低地呻吟，一手抵在肚子上。刘双剑担心他扛不住，就不停地安慰他，要他坚持。5个多小时后，他俩赶到了鲁甸，再打车前往县医院。

被医院收治后，袁向红马上进行了手术。袁向红的父亲和姐姐等人赶到医院，看到刘双剑在他身旁，认定他是袁向红的女朋友。刘双剑也不好跟他们解释什么，只得继续这样装下去。未曾想到，袁向红在医院做完手术，又养了近一个月，刘双剑也被滞留在那里近一个月。

等袁向红出了院，他俩一同踏上了回昆明的路。刘双剑自己也很惊讶地说："当时我也不知道怎么回事，就在那里待了快一个月。可是，那时候我们之间什么关系都没有。"

在陪他的那一个月里，刘双剑对这个沉默的男孩有了进一步的了解，觉得他也是个可怜的人，需要很多爱。袁向红家本来有4个小孩，他的妹妹生病没能得到及时救治，离开了他们。他跟妹妹相处很融洽，妹妹的死亡给他留下了很深的阴影。后来，父母又生了一个弟弟，弟弟胖乎乎的，眼睛大大的，哭起来声音很响。弟弟10个多月时，袁向红背着他在村子里跟其他小孩玩耍。弟弟两岁多时，有次，父亲抱着他回家，突然天上一道闪电，接着一声沉闷的雷声，闪电击中了他的弟弟，父亲也受了伤。经过这两件事，袁向红变了，年纪轻轻却沉默不语，跟谁都不愿交流。上完中学他就离开家，跑到昆明打工。刘双剑对他的这段经历非常同情，也觉得这一家人都很善良，所以她不愿说破他俩的关系，以免影响这家人的心情。

回到昆明，刘双剑只能重新找活，袁向红依然在洗车场工作。就在刘双剑以为他俩之间不会再有瓜葛，要开始自己的生活时，袁向红找到了她。他们像朋友一样，在这陌生的城市里相互安慰，相互依靠着。

随着接触的时间长了，他俩已经不能没有对方了，就这样，两个人恋爱了。

刘双剑经人介绍到昆明市富民县的一家工厂里当厨师，袁向红也辞去洗车的活，来到了那里。他在一家磨石厂找到了一份工作。他俩租住在一间 10 平方米的房子里。

刘双剑一个月有 600 元的工资，袁向红有 1000 多元的工资。有了相对固定的工资后，他们少了很多的担心。他俩领了结婚证，开始了一段平静的日子。

袁向红在磨石厂，每天一身灰回到家，冲水时水都变成灰白色。刘双剑知道这份活对他的身体伤害很大，为将来着想，要他放弃这份工作，到别处找个新的活路。但袁向红拒绝了，他觉得这三年多，跟这边的工友和老板相互认识了，不想再到一个陌生的环境，重新开始熟悉工作和人。

刘双剑念及他的感受，没有逼迫他做出新的选择。

来到昆明郊区的第四年，刘双剑怀上了第一胎。随着月份的增加，她的行动也不方便起来，只能辞去厨师的工作。

刘双剑发现这些出来打工的人，只要掌握一门技艺，工钱比那些普通出卖体力的人都要高，而且干的活要轻松很多。她就在心里想，一定要让袁向红辞去磨石厂的工作，去学一门技术，今后她和孩子就能有个依靠。

“向红，我们辞掉那份工作，去学个手艺，将来找工作方便。”刘双剑跟袁向红说。

刚洗过头和脸的袁向红，身上散发着香皂的香味。他坐在桌子前开始吃饭。

刘双剑知道袁向红不会轻易答应的，只能不停地劝说。没想到，袁向红突然把饭碗搁在饭桌上，筷子一扔爬到床上去了。

刘双剑心里一阵悲伤，想着自己是为了他的身体，为了今后这个家庭，他却怎么这样不理解呀！但袁向红不这样想，他辛苦了一天，吃顿饭还被不停地唠叨，想安静一会儿都不行。

刘双剑喊他几声，他背对着她不理会。这让她特别地伤心，肚子里的小孩在轻轻踢她，她把手放在肚子上，一颗颗泪水滴落下来。

灯光照亮这间狭小的房子，里面除了简单的生活用具，没有一件多余的东西。他们在拼命地挣钱，但挣到的钱不得不花出去，支援不了坪地营村的家里，只有过年时带一点年货。刘双剑这样想着，心里很伤心。

袁向红发出了轻轻的鼾声，刘双剑揩掉眼角的泪水，缓慢地站起来，向着床铺走去。她给他盖上被子，又坐回到桌子旁，但已经没有一点食欲。

刘双剑那夜坐到了很晚。

刘双剑生了一个胖小子，这让她愁苦的脸上有了一些喜悦之情，也让袁向红开心了好久。夫妻之间又恢复到以往的生活状态，不再生闷气。

这个小孩的出生也让刘双剑的精力和情感更多投入小孩的身上，两人之间的摩擦少了很多，都把感情分配给了这个新的生命。

刘双剑每次看到灰头土脸回来的袁向红，心里都有些伤心。看看隔壁，人家骑着电动车上班，回来衣服都是干干净净的，拿到的工钱是他的几倍。自己的老公一天往肺里吸那么多粉尘，工资却只有一点，这样下去他的身体会垮掉的。

刘双剑忍了许多次后，终于又提起了辞去磨石厂工作的事。袁向红听后有些不高兴，绷着脸说：“有一份工资挣，还要怎么样？”

“这不是钱的问题，我担心你的身体。”刘双剑跟他解释。

两人发生了争执，刘双剑很伤心，决定不再迁就着他。为了逼他同意，她说要一起回袁向红的老家生活。可是袁向红怎么都不肯回去，说现在好不容易有个固定的工作。刘双剑只能自己带着小孩，回到了袁向红的老家。

她先从新街镇集市上买了一头小猪崽，想着等到小猪崽长大，还能卖点钱。

新街镇位于云南省的东川红土地一带，这里地广人稀，森林覆盖率较高，海拔2171米左右。相对于其他地方，这里的温度要低很多，冬季十分寒冷。

袁向红的老家在新街镇的坪地营村，位于峡谷的一个沟槽里，北风凛冽。村民们平日里种植萝卜、荞麦、土豆，萝卜用来喂牲畜。气候的原因，这些农作物的产量不是很高，自给自足之外，能卖的不多，总体来讲收入很低，且只有一条通乡的邮路。坪地营村的年轻人外出务工，常年在外，坪地营村里剩下的很多是老弱病残。

刘双剑背着小孩，抱着小猪崽回到了坪地营村。

进入家门，刘双剑第一个见到的是自己的公公袁开云。当时公公袁开云怔了一下，问："过来也不打声招呼，他人呢？"往她的身后望过去。

"我带娃回来的，他不肯回来。"刘双剑说着，心里的委屈涌上来，泪珠一颗颗地滴落下来。

公公赶忙接过那头小猪崽，让她把背上的小孩放下来。

婆婆从外面进来，帮她把小孩安顿好，他们才坐在一起问她究竟出了什么状况。刘双剑跟他们一五一十地说明情况，两位老人也对袁向红的身体担忧了起来。想着到时候一身的病，会使一家陷入贫困。这样的事在坪地营村里出现过，为了治病到处借钱，过了五六年还没能还清，一家人过的日子那可真是艰辛。那次雷击之后，袁开云的身体出现了状况，两只耳朵经常化脓，时常要买药吃，这也是一笔不小的开支。要是袁向红有了肺病，那就不是个小数目了。两位老人心里担忧起来，对儿媳妇的做法表示赞同，让她在家里待着，直到他回来。

夜晚，寒风呼呼地吹了起来，刘双剑身子前面烤着火，脊背却一阵阵的冰寒。她身子发抖，想着怎么熬过这漫长的冬天，等袁向红来接。要是他不来，她后面该做什么打算呢？刘双剑对自己一气之下跑到坪地营村的行为有些后悔起来。

彻骨的寒风在土墙房外面吹，寒冷在屋子里肆虐，刘双剑躺在被窝里，觉得身子都是冰冷的。望着黑漆漆的屋顶，心里怀念着昆明的那间狭小的出租房。她从小出来打工，已经对城镇的生活适应了，一回到乡下，总觉得这儿不方便，那儿也不方便。但她并不会真正属于城市，她的身份决定了一切，她只能是那里的过客。刘双剑有些悲哀，她渴望自己是个城里人，这样今后小孩能受到较好的教育。阵阵风声中，她终于入睡。

第二天，刘双剑起床给小孩喂好饭洗完脸，背着他到山上割猪草。她手里拿着镰刀和绳子，往山上走去。沟槽里的风，把她的脸吹裂了，手冻僵了，也把她的意志吹散了。小孩在背上一直哭闹。

刘双剑熬到第四天，实在撑不住，决定翌日离开坪地营村回昆明。

公公和婆婆理解她。他们清楚这里的气候，这些年轻人无法承受。刘双剑在昆明毕竟有个栖身的地方，可以去选择更好的生存之地。

刘双剑背着小孩，胸前抱着小猪，离开了坪地营村。坪地营村是个奇寒的地方，这里的风让她铭记在心。两位老人辛勤地劳作，只为能够吃饱穿暖，但这贫瘠的土地有时连这个愿望也无法实现。他们的房子是土墙房，雨天时常漏雨，冬日里寒冷无比，加上年代久远，墙壁已出现了细微的裂口。刘双剑无法在农村以耕种土地度日，这不是她要的生存方式，她要的是在城市里以打工的方式养活自己。刘双剑对坪地营村没有什么眷恋，唯一让她想念的就是公公婆婆。

刘双剑想到昆明没有地方养猪，于是又跑到新街镇的集市，找到先前的卖主，求他把小猪崽领回去，退还她的钱。在她的软磨硬泡之下，卖主无奈地把钱退了回来。

刘双剑破涕为笑，把钱揣进兜里，开开心心地回到昆明。

经过多次的争执、摩擦，袁向红终于答应离开磨石厂，到别处去学习一门技术。

通过朋友的介绍，袁向红跟一位制造建筑模型的师傅学习，一天只有60元工资。但刘双剑心里非常满足了，想着他再也不用吸粉尘。等小孩长大一点送到坪地营村，让老人帮他们带着，这样她就能出去打工，那时他们一家人的生活会好起来。

袁向红渐渐地对制模工作产生了浓厚的兴趣，他跟师傅学得很快，一年多后能独立完成一些小的模型制作。又经过一段时间的学习和实践，袁向红已经能够独立完成各种工程模具的制作。他的日工资也从先前的60元涨到300元，这标志着他已经成为了一名熟练的技术工人了。

看到袁向红的成功，刘双剑心里非常高兴，对未来也多了一份憧憬。她发现自己怀上了第二胎，只能靠袁向红养活一家人了。

袁向红努力工作，挣来的钱全部交给刘双剑。手头比先前宽裕了很多，但她开始慢慢地攒钱，想着日后小孩上学需要钱。他们的日子过得还是跟先前一样简朴，刘双剑每次看到他干干净净地回来，心里那个舒坦没法说。在一同租房的人里，她现在觉得自己能抬起头来了。如果人心没有攀比，可能永远停留在原地，有了这种攀比，才有了努力的目标和动力。

二胎出生后，刘双剑被彻底绑在家里。袁向红经常跑到各地去制作模型。袁向红马不停蹄地奔波着，他的工作总是保质保量地完成，他在业内得到了认可，请他出来帮忙的渐渐多了起来。

刘双剑开始焦急起来，她想着丈夫现在这样辛苦地奔走，自己却不能帮上忙，心里很愧疚。等到袁向红回家，她精心做些他最爱吃的菜，让他在家里的那几天得到充分的休息。袁向红特别爱两个小孩，回到家就绕着他们转悠，一家人和和睦睦的。

两年后，刘双剑把大儿子送到了坪地营村的家里，让他跟公公婆婆一起生活。自己带着小的跟丈夫一起跑，夫唱妇随。她不仅帮他做事，还照顾他的生活起居。在他们俩的辛勤劳动下，家里攒了一些钱。有了这些钱，袁向红对外承接一些工程，逐步实现他的目标和理想。

在昆明完成几个装修工程后，2018 年，袁向红承接了楚雄安置房工程，夫妇俩跑到那里，组织工人加班加点。经费一时半会儿落实不下来，他们把自己的积蓄掏出来预付材料费和工人的工资。

但是，工程结束后，包工头不见了，他们辛苦积攒的钱全部打了水漂。夫妇俩当时不敢相信这是真的，两人的心一下坠入深渊，彻底绝望。

袁向红在介入工程承包中第一次遇到了挫折，这让平时沉默寡言的他心里极度郁闷。刘双剑为了让他走出阴影，经常开导他，说他们俩现在年龄都不大，还有大把的日子可以奋斗，哪里跌倒了，从哪里重新站起来。

袁向红吃一堑长一智，知道日后承接工程，需要做好法律保障。

但是，他们几年里辛辛苦苦攒下的钱，就这样被人卷走了。他们整顿好身心，重新出发。

三、蒋忠历

县扶贫办的黄雄辉陪着我去转山包，路上他提醒我："那里的气候特别无常，有可能我们今天上不到那里。"

我之前听县作协主席云鹏说："那一带有很多的小土山，一个个像泥丸。"当年红军经过金沙江南岸时走过这一带。毛主席在写《七律·长征》时专门提到这个地方："红军不怕远征难，万水千山只等闲。五岭逶迤腾细浪，乌蒙磅礴走泥丸。金沙水拍云崖暖，大渡桥横铁索寒。更喜岷山千里雪，三军过后尽开颜。"其中的"乌蒙磅礴走泥丸"写的就是这一带。

我们的汽车行驶到转山包山脚下时，整座山已被灰蒙蒙的雾气罩住，能见度最远只有一米。汽车缓慢地向上爬行，雾越来越厚，还不时地落下雨水。我心里开始担心能不能走到转山包。

这是一条蜿蜒的盘山公路，宽度只够两辆车通行。黄雄辉告诉我，他们扶贫办的驻村点就在转山包。之前他来过很多回，一般早晨来，下午回去。

黄雄辉是位大学毕业生，现在暂时在扶贫办工作，准备考公务员。他个子不高，身体偏瘦，斯斯文文的。

我们的车子还在缓慢地爬坡，雾也慢慢地稀薄起来，能看到的距离变远了，周围的树也渐渐清晰。我的担心一下就消散了。

车子越是接近山顶，能见度越好，快到山顶时，阳光一片灿烂。山脚被浓雾笼罩着。驶过几座民房，车子进入了村委会。

村委会里一派繁忙，每位驻村干部同村里的干部一道，坐在电脑前比对数据，或写资料，忙得团团转。

这里的海拔 2850 米，年平均气温 6 摄氏度，老百姓主要以种植苦荞、燕麦、土豆为生，还养些猪和牛。

一个多小时后，有几位驻村干部忙完了，他们要带着我去深沟里的一户人家，听说政府安排他们家 2020 年春节前搬到卯家湾的集中安置区。先前，这个社里已经有 4 户搬迁走了，仅剩下这一家。我在路上听驻村干部们介绍，他们刚到这里时，转山包没有现代化厕所。为了提倡文明的生活方式，他们在村子里先后建了 5 个公共厕所，村民们也慢慢地改变了原先的习惯。之前小车很难入村，转山包的路泥泞不堪，车轮陷在泥地里打滑，只能靠人推，耗时耗力。2019 年，县扶贫办筹措资金，年底前修了一条从山脚到山顶的水泥公路，一直通到村里的每户家门前。另外，还给每户接入自来水。2019 年，转山包村的 276 户贫困户已经脱贫，9 户共 29 口人等待脱贫，返贫率降到 1.29%。

聊天的过程中，汽车已经驶到村民的家门口，我们下车走了过去。

一个中等身材的小伙子在房前的空地上站着。一条被拴着的狗见到我们这些生人，狂吠不止。这是一座两层的土木结构房，屋顶是黑色的瓦片，房门前放一台旧洗衣机，旁边堆积着门板、箢箕、麻袋。房子显得有些陈旧和破败。

驻村干部跟他说明了来意，小伙子腼腆地应承着，只说父母都不在，下山治病了。他打开门锁，让我们进入他的家。

屋里光线幽暗，地面坑洼不平，他打开一盏节能灯，这才看得清楚。

两张床铺靠墙一字而排，床与床之间被一只木箱子隔开，箱子上面堆了纸箱和麻袋，屋里的桌椅被烟熏得黑黢黢的。床铺对面放电视机的桌子下，锅、塑料桶、高压锅、暖水瓶等堆放在一起。电视机是20多年前的样式，机壳被烟熏得发黄。

我坐在靠门的那张床铺上，对这位小伙子进行了采访。他说话时带着当地人的口音，有时驻村干部怕我听不懂，帮我解释。

小伙子叫蒋忠历，是转山包16社的人，28岁，没有结婚。他跟父母生活在一起，两位老人已经60多岁了。前几天他的父亲不慎把脚扭伤，两位老人到镇上的医院治疗，现在家里就他一个人。

蒋忠历是在转山包出生的，父母视他为心头肉，对他百般呵护。当他长到6岁时，被送到了转山包小学，他在那里读完了小学。中学要到镇上读。从这里到镇上需要走半个多小时，回来却要爬两个多小时的坡，下雨天道路泥泞，特别不好走。冬天下雪，头发结着冰，寒风吹得脸颊变成紫红色。上中学的小孩非常辛苦，最终他放弃了继续学习的机会。

少年蒋忠历一下就变成了农民蒋忠历，他跟着父亲在地里耕种、收割，还要养猪、养牛、上山砍柴，做起了这些琐碎的事情。蒋忠历觉得在地里劳作天经地义。他年复一年地重复着，唯一的希望就是庄稼能长好，多打点粮食。

那时转山包上没有通电，等太阳从山头落下，夜色笼罩，他们一家人就钻进被窝，进入梦乡。蒋忠历那时对未来没有任何的幻想，头脑里只有转山包上能见到景物与事情。他对外面的世界一概不知，认为他这一生要做的事只是耕种好土地。

蒋忠历跟父亲一同辛勤耕种土地，到了秋季，将收获的农产品装在袋子里，驮在牲畜背上，拿到集市上卖，再买些生活必需品回到转山包。他的日子就在这样的周而复始中被打发走，他也从一名少年变成了青年。

这时，他们村子里有人出去务工了，带回了钱。这件事在转山包的村民之间传开，大家都非常羡慕。转山包的许多年轻人也打定主意要到外面闯一闯，这样比待在转山包种地收入要高很多。蒋忠历却一直不敢下定决心，虽然心里一百个想出去，但真正迈出那一步时，心里还是有些胆怯。

出去的人年底回来，谈论这一年赚了多少钱，在外面如何的好。蒋忠历越发期盼能够跟他们到外面去。

他把自己的想法说给父母，他们对他说："你不要走得太远。"他答应父母，就在周围一带打工。

春节过完，他跟转山包里的几个年轻人跑到县城务工。没有一技之长，他们只能干些最重最累的体力活。

蒋忠历在县城里看到的是跟他们截然不同的生活，除了羡慕也不敢有更多的想法，骨子里对自己的农民身份深信不疑。他们在这个工地上忙完，又跑到别的地方找活干。

这样在县城待了8个多月，回去时兜里存了几千元，这是他们家一年耕种土地收入的几倍。蒋忠历想到这里，心里有些成就感。他给父亲买了一部手机，以便下次出来时，家里有事的话相互联系。父母看到他赚了这么多钱，特别开心。

蒋忠历听人说，到更远的地方，赚到的钱比这个还要多，他打定主意，跟着这些人到遥远的地方。这个年他过得很有成就感，家里的餐桌上多了一些他从县城买来的食物，父母也穿上了新衣裳。

开春不久，蒋忠历又跟村里的年轻人一同离开了转山包，这次他们要去很远的浙江。他一直想象那个地方是什么样子，但他的头脑里出现的画面，只能是鲁甸县城的模样，除此，他什么都想象不到。

蒋忠历第一次坐火车去浙江的途中，他才知道自己生活的地方是多么闭塞和贫穷。望着车窗外万亩良田，他心里对平原上的农民心生羡慕。一座座拔地而起的高楼，流水般涌动的汽车，悬在半空中的道路，都让他大开眼界。此刻，蒋忠历才知道，转山包人在高寒冷凉的地方耕耘土地，受地理位置的制约，他们与外界隔离着。蒋忠历心里一次次地惊叹这个世界，这是他不曾想象过的。

他为这次出来感到很庆幸。

蒋忠历他们被带到了一家工厂，那里生产电子元件产品，在那里一直干到临近春节，过年前赶回了转山包。

这一次的经历让他知道了自己的家乡有多落后，生活有多清贫。他向往经济发达的地区，那里收入高，环境优美，街道干净，生活便利。他对自己生活了20多年的故乡第一次有了审视，发现了许多不足。当他把自己见到的这些告诉两位老人时，他们坐在门前的板凳上，仿佛在听一个跟自己无关的故事，末了打着哈欠，无动于衷。

蒋忠历知道他们不愿听，于是跑到其他村民那里分享自己的感受。年轻人都愿意听，而且眼神里有渴望的光闪现。这时的蒋忠历是最幸福的，他觉得自己给村子里的人打开了一扇看外面世界的小窗。他迫不及待地想往山外走。

再次出发时，他们的目的地变成了江西。他喜欢这里的柔和、娇羞，喜欢空气里夹带的湿气，他甚至想在这里长久下去。蒋忠历除了打工挣钱，对这里的历史文化有了了解。他发现自己之前是个什么都不懂的人，出来后，这种状况正在一点点地改变。

蒋忠历的穿着打扮、说话举止有了明显的变化，他在这里认识了来自全国各地的人，在与他们的交谈中学到了不少的知识。

可是，这年年底，蒋忠历返回转山包后，再也没能继续投身到这种激荡变化的最前沿，感受那飞速的发展。

过年前，母亲生病了，直到他要走的日子逼近，老人还不见有所好转，他们只得把老人送到了镇医院。他的行程也被迫取消了。

从这天起，蒋忠历又复原回先前的农民蒋忠历。他种地、放牛、养猪、砍柴，恍惚中，他从半途中又折回起点。

雪花纷纷飘落了下来，蒋忠历站在田埂边，遥望一座座山包后的天边，他不甘心将自己拴在这片土地上，他渴望到那遥远的地方，那里才是他活着的意义所在。

20 多天后，母亲从镇医院里回来，但身体还是虚弱，他只能留在这里边料理农田，边照顾母亲。

这一留，竟把蒋忠历留到了现在。父母年龄也大了，身体时常有些小病，他们不愿他跑到特别远的地方，担心连最后一面也见不上。蒋忠历经过一番思想斗争，选择了孝顺，过起了以往单调、孤寂的日子。

他干完农活，喜欢坐在田埂边的那棵树下，望着云雾遮蔽的山脚，一遍遍地回想在浙江、江西打工的那些日子，然后一个人摇着头叹气。父亲看到他的这种状况，允许他到镇里或县里打一些短工。蒋忠历把农田里的活干完，到就近的地方打工。

这样辛辛苦苦地奔忙，家里吃穿倒是问题不大，但是离脱贫还是有段距离。我听驻村干部介绍，脱贫不只现金收入一个考核指标，还有住房、教育、医疗、饮水等多个考核项目，是综合的考评。

蒋忠历从父亲佝偻的脊背和长满老茧的双手，看到了自己的将来，他也会像父亲，在这个高海拔的山头，把青春年华耗损在寒峭的山坡上。他再没有了盼头，也没有了激情，这短暂的 3 年，他又变回了那个麻木、安于现状的曾经的他。

2017 年，驻村干部来到他们家，登记住房面积、人口、经济收入等信息，还告诉他们，政府现在计划把他们搬迁到县城。这让两位老人心里惶惶的，城里没有土地，没有柴，没有溪流，日子可怎么过？他们把在镇里打工的蒋忠历叫了回来。

蒋忠历听说要从这里搬走，脸上现出了喜色。他丢下父母，顺着陡坡奔跑上去。他要到村委会找驻村干部，问清楚到底是什么情况。

从村委会回来的路上，蒋忠历心情无比舒畅，他知道了政府要把他们搬迁到城里，要给他们分配房子。这事他从没想过，到了城里岂不跟城里人一样了，他越想心里越兴奋。只是什么时候搬，搬到哪里去，驻村干部们都不知道，但蒋忠历心里多了一个盼头。

2018 年 10 月，他来到卯家湾安置区，一座座高楼拔地而起，工地上各种机械轰鸣，工人们有序忙碌。房子很大，里面有好几间房，带两个卫生间。房子里不仅通水电，还可以看数字电视。看到这一切，蒋忠历只盼着早点能到这里。

他回去给父母讲述他在那里看到的一切。这次，父母瞪着眼，极其认真地听他说，中间还打断他的讲述，插一两句话。

那天晚上，他们谈论的内容，没有离开过卯家湾安置区。

蒋忠历躺在钢丝床上，翻来覆去的，消失了 3 年多的那种渴望与期盼又在他沉寂的心里涌动。他知道这一次搬迁将会彻底改变他的人生轨迹。也许，以后自己娶个媳妇，他们的小孩再也无须面朝黄土背朝天了。他们会像城里人一样，生活在如花似锦的城市里。蒋忠历想到这里，开心地咧嘴笑了。

2019年春节刚过的一天，蒋忠历极其用心地犁地，他知道这是一生当中最后一次耕种，犁铧把一块块僵硬的土掀翻，露出那带着湿气的红色身子，散发着一股熟悉又亲切的味道。他情不自禁地闭上眼睛，陶醉地吸吮这股气味，它们进入他的身体，让他这一生无法忘记这贫瘠的土地。太阳破云而出，金光挥洒在了转山包的坡顶上。

扶着犁把的蒋忠历睁开双眼，迎接着初升的朝阳，沐浴在一片金光之中。

四、卯家湾

云南省昭通市的自然条件较差，这里山高坡陡，沟壑纵横，山区、半山区占了昭通市面积的97%，人口密度每平方米272人。很多贫困群众生活在深山区、石山区、高寒冷凉地区，他们居住分散，偏远，交通设施等基础设施较差，建设成本极高，生态敏感脆弱，生存条件极为恶劣，“一方水土养不活一方人，自然承载力严重不足”。面对现状，昭通市委组织四套班子成员、市直部门、相关县区，对高寒冷凉山区、灾害频发地区、资源承载力不足等区域就地帮扶脱贫与易地搬迁脱贫，开展了系统、全面、深层次的调查论证，最终得出结论：只有实施易地搬迁，才是居住在这些区域的群众发展的治本之策和根本出路。昭通市下定决心，把那些不具备发展条件的贫困山区、生态脆弱地区的群众搬出大山，斩断贫困与生态脆弱地区的直接联系，做到正本清源，尊重自然，尊重规律，真正“让人搬到人该住的地方，让树长在该长的地方”，努力实现城乡人口分布格局重构、产业发展结构重组、山区自然生态环境重塑的“三位一体”整体推进。

昭通市将做好易地扶贫搬迁作为头等大事，强化组织领导，成立了由市委、市政府主要领导担任指挥长的易地扶贫搬迁指挥部，并组建市易地搬迁安置局，统筹工作力量，聚焦“六类区域”和“一方水土养不活一方人”的地区，以贫困程度和客观条件为主要依据，按照“能搬则搬、应搬尽搬、整村搬迁”的原则，以集中居住规模在30户左右、贫困发生率50%以上、交通基础设施等公共服务难以适应长远发展的区域为主要对象，组织县乡村14148名干部对4864个自然村10013个村民小组，开展了易地扶贫搬迁摸底调查，精准识别并锁定全市易地扶贫搬迁对象36.24万人（贫困人口30.7万人，同步搬迁人口5.54万人）。

昭通市根据交通条件、资源禀赋、产业基础、空间布局、群众意愿等，打破县、乡、村行政区划，规划建设新增集中安置区23个，其中万人以上安置区8个。特别结合昭鲁一体化发展布局，以建成滇东北区域中心城市为目标，按照“一城三区、若干小镇、产城融合、城乡一体”的整体布局，规划建设涉及8个县区搬迁群众的昭阳区靖安、鲁甸县卯家湾两个跨县安置区，搬迁群众分别达到4.06万人和3.59万人，相当于新建2座中等县城。

昭通市充分考虑到群众搬入安置区后就医、上学、产业发展、稳定就业、公共服务等需求，积极争取国家和云南省在土地利用、学校配套、医院配套、公共服务设施建设等方面给予的政策支持，整合资金，在新增集中安置区同步规划建设各类学校45所，医疗服务机构33个，群众互助服务场所26个，公共服务设施36项，“一水两污”项目51个。

面对大规模搬迁，如何稳定群众搬迁、怎么组织搬迁、群众的生产生活物资怎么处置等问题，昭通市坚持以人民为中心、以群众工作为主线，持之以恒地落实政策清、就业清、产业清、配套清、家底清等工作措施。他们统筹整合乡镇村组干部、驻村工作队、包保干部力量进村入户，通过院坝会、火塘会、家庭会等方式，与群众贴心交心拉家常，帮助群众算经济账、就业账、教育账、发展账等，消除群众的顾虑与担忧，把何时搬、何时拆等事项落实下来，签订完善协议。分期分批组织村组干部、群众代表参观建设进度，直观感受居住、生活、教育、医疗等环境条件，变“不愿搬”为“主动搬”；干部进村入户落实到人，把搬迁家庭的人员结构、劳动力技能、就业现状、就业需求等情况摸清楚，建立完善信息台账。同时，将外出转移就业、扶贫车间就近就业、公益岗位兜底等就业渠道政策讲清楚；全面摸清耕地、林地、宅基地“三块地”的情况，引导群众采取土地流转、村集体公司托管、代耕代种、退耕还林还草等方式，解决种什么、怎么种、谁去种等问题，确保群众搬迁后有稳定的收益；在教育、卫生、商业等设施配套建成的基础上，结合搬迁对象家庭人员基本情况，做好上学、低保、养老保险、医疗保险等工作衔接，确保不断档、不脱节；全面摸清搞准家庭饲养牲畜、种植作物、生产用具、家具电器等情况，干群共商处置方式，建立一户一档，实行一户一方案，确保有序搬迁和如期搬迁。

搬迁是手段，脱贫才是最终的目的，稳定就业、发展产业则是最关键的支撑。为了使 36.24 万搬迁人员能过上好日子，能安心生活在安置区，昭通市从提高组织化程度入手，实行干部挂钩连包贫困劳动力制度，建立驻外联络工作站，做好维权服务、联络管理等方面的工作，强化稳岗补贴、交通补贴等政策支持。2019 年，在 13.34 万易地搬迁劳动力成功转移就业的基础上，加强政策宣传、技能培训、劳务对接、有组织输出等工作的力度，加强了与东莞市、中山市、深圳市的劳务协作，带动了更多易地搬迁劳动力转移就业；立足安置区资源优势，依托东西协作平台，细化、明确优惠政策，鼓励支持东部农业龙头企业和劳动密集型企业带资金、带技术、带市场到集中安置区投资兴业，推动安置群众就近就地就业。引进农业龙头企业，建设苹果、马铃薯等高原特色产业基地吸纳就业，建设蔬菜大棚 8360 个、食用菌大棚 2523 个，建设标准化扶贫车间 42.46 平方米、商铺 38.99 平方米，确保有劳动力的易地搬迁群众百分之百就业；对易地搬迁群众迁出地，通过集中统一流转土地、退耕还林还草与发展特色产业相结合，聚焦盘活群众 56.58 万亩耕地、73.46 万亩林地、0.85 万亩宅基地，坚持良种良法、高度组织化和集约化模式、“党支部+合作社”三个全覆盖，大力发展高原特色产业，把群众搬出来，让企业搬进去，建好利益联结机制，实现资源变资本、资金变股金、农民变股东，斩断搬迁群众与迁出地的直接联系，让异地搬迁群众一步实现由农民变市民、变产业工人的历史性跨越。

鲁甸县的卯家湾易地扶贫搬迁安置区是昭通市两个大规模跨县集中安置区之一。它位于鲁甸县城东部，距离昭通市城区26千米，按照“不是建一个安置区，而是建一座新城”的定位，安置搬迁群众8322户35585人，其中建档立卡贫困户7570户32347人，其中鲁甸2532户10884人，巧家3574户14594人，彝良478户2284人，永善1726户7763人，盐津12户60人。安置区占地面积3.31平方千米，总投资46.9亿元。整个安置区依据山形地貌，分为8个地块，6个居住区，房屋设计66栋，地上18层，地下有一层停车场。在户型方面，按照人均不超过25平方米，总面积不超过150平方米的要求，设计了6种户型。安置区内修建了9条市政道路，包含两条产业连接线。其中3号路和7号路东西贯穿整个安置区，连接起昭鲁快捷通道和环城公路。1号路南北贯穿安置区，全长2.89千米，与老县城实现了无缝连接。在卯家湾安置区内配套建设了4所幼儿园、1所小学、1所九年制学校、1所卫生院、6个社区卫生所以及派出所、消防站、商业中心、农贸市场等。同步配套产业就业措施，建设3000亩商贸物流园、2200亩高原特色农产品加工园、1万亩苹果基地、1万亩蔬菜基地。2019年底，绿色建筑产业园一期装配式建筑生产车间投入生产，粤旺食用菌大棚500个建设完成（计划建设1000个），海升集团3000亩苹果高标准核心示范园完成种植。“两园两基地”给卯家湾易地搬迁群众提供了就业岗位6105个，安置区18479个劳动力中已就业17016人。

昭通市还在卯家湾安置区设立了一个服务站，专门负责搬迁群众的就业。据服务站的刘桢箐站长介绍，服务站现有工作人员20名。搬迁群众未安置之前，先电话联系，进行就业宣传，询问他们的工作情况，需要哪些技能培训。安置之后，到家去看入住情况，需要什么帮助，介绍安置区里的菜市场和商店。另外，针对就业需求，介绍周围企业、工厂的岗位。服务站里对每一户有详细的登记，记录着他们之前在哪里就业，以后又想在哪里发展，是一对一的服务。昭通市委对服务站的要求是实现百分之百的就业率。

服务站2019年4月建站，到2019年底，就业率达到了92%，剩余1463人未就业，服务站还要对这些人进行引导和劝说，让他们尽快实现就业。我在服务站的服务柜台上，看到职业介绍、企业招聘、创业咨询、技能培训、公岗申报等窗口。服务站还对群众进行技能培训，培训期间有工资，培训结束后可以直接上岗。上班的第一个月可以以工代训，边上班边培训。

我在卯家湾安置区里参观了和昇隆电子加工车间、曲靖富源鑫喜来藤椅编织厂、箱包车间等，每个车间里坐满了工人。他们穿戴整齐，精气神很足，身份已经由农民转变成工人。

曲靖富源鑫喜来藤椅编织厂里，我见到了教编织藤椅技术的惠师傅。她告诉我，先由师傅免费对他们培训，学会编织技术后，自己就可以把材料带回家去编。这样既能照顾家，又能赚钱。现在卯家湾安置区里从事编织藤椅工作的有200多人，鲁甸县有近2000人。

湖南人投资建的箱包厂，标准化厂房在2020年1月6日正式投入使用，已落户两家箱包厂，还有 13 家箱包厂马上进驻。我在箱包过渡车间找到了负责人彭总，他带着我在车间里转了一圈，他们为 1000 人提供了就业岗位，工人们拿的是绩效工资，只要自己技术过硬、肯干，拿到的工资自然比较高。彭总告诉我："我们箱包企业是以产业链的形式过来的，15 家箱包厂全部运营投产的话，不仅能够提供更多的就业岗位，增加昭通市的税收，还能把这里打造成箱包产业园。我们看中的是它的长期发展空间。"箱包标准间厂房是个钢结构的四层楼，占地面积很大。

在食用菌大棚里，我遇到了龙树镇新乐村 19 社搬迁过来的一个人。2018 年他们家搬迁到这里，家里有 6 口人，劳动力就他一个。卯家湾服务站介绍他到这里工作，他承包了两个大棚。每天，他待在大棚里采摘菌子，调节温度，要是有难题，技术人员随时过来进行指导。个人购买食用菌，每斤 10 元，公司统一收购，每斤 6 元左右。一个大棚温室占地 300 平方米，一年收入 2.5 万元至 3 万元，两个大棚年收入 5 万元至 6 万元。每天中午，他骑摩托车回家吃饭，下午又赶回来接着干活。他们家现已经脱贫，日子越过越滋润。

跟这些搬迁户不一样，姚太银和刘双剑他们是在 2018 年 10 月搬到卯家湾易地搬迁安置区里。

这年的 9 月底，姚太银带着罗富燕和女儿赶回蒋家包包，帮着父母收拾家里的东西，等待搬家通知的到来。

姚太银看到父亲每天早早地起床，站在那棵核桃树下怔怔地发呆。他想，到时搬到城里，父亲就不会这样孤独了。安置区里有各地搬迁来的人,大伙坐在一起聊天打发时间,比这边要热闹很多的。

有一次,姚太银凑过去,跟父亲并排站着。看到父亲发白的鬓角,额头上深深浅浅的皱纹,意识到父亲已经老了。父亲瞅了他一眼,然后说:“终于可以离开这个地方了!”

姚太银听完这句话,心里咯噔了一下,他本来想着父亲对这个地方有些不舍,才每天站在这里看,没有想到的是,父亲也渴望离开。

“我们就要搬到卯家湾了,到时看病、上学都方便!”姚太银说。

“你们赶上了好时代!”父亲喃喃地说。

父亲眯着眼,很享受这早晨的时光。头上的蓝布帽子和身上的衣服已经褪了色,这让姚太银心里有些愧疚。作为儿子,一直没能好好地照顾两位老人,整天在外地务工,到头来没有积蓄,也不能给他们买件像样的衣服。

父亲轻轻叹息一声,转身回去,瘦长的背影留在了姚太银的视线里,这身影有蒋家包包留给父亲的落寞与怅惘。父亲的青春就是被这块土地榨取干净的,他耕耘不止,却没有过温饱,到后来日子越发艰难,留下一身的疾病。

罗富燕特别兴奋,嘴里哼着歌,满脸的笑容,搬迁的喜讯使她的病情缓解了不少。她跟姚太银的母亲讲着城里生活怎样的方便,交通如何便捷。姚太银的母亲揉着膝盖,认真地听她讲述。两个小孩喊叫着,在房子里嬉戏追逐。

等待是最难熬的，是人心的煎熬，分分秒秒都被拉得无限的漫长。

刘双剑和袁向红也带着女儿回到了坪地营村，可是此时他俩都很沮丧，他们兜里仅剩的钱只够维持一段时间的生活。在他们很无助的时候，袁向红的父亲把他俩叫到跟前，让他们把家里的猪和一些粮食拿到集市上卖，用这些钱买家具。

刘双剑望着公公眼含热泪，没有想到老人把他们的心思看穿了。

老人安慰他们说："你们有难处，家里替你们分担一些吧。"

刘双剑的公公和婆婆担心到了城里，找不到回家的路，不愿到卯家湾安置区来。

搬家的通知终于下来了，姚太银和刘双剑两家分别从蒋家包包和坪地营村来到了鲁甸县卯家湾安置区。他们两家都是 6 口人，分到的房子是三室一厅两卫，房间已经装修好了，只需买完家具就能住进去。罗富燕感慨道："要是让我们自己买这样一套房，那得辛苦打拼多少年！"

与所有搬迁过来的家庭一样，他们要开始适应城市生活了。2018 年 11 月 4 日，社区服务站挂牌成立。社区里有儿童之家和老年活动室，小孩子们可以画画、娱乐，老人可以下棋、聊天、喝茶，也可以量血压、测体温，隔段时间这里还放映电影。每家都有数字电视，可以看各种各样的节目。小孩子们上学暂时被安排在文屏镇中心小学。

刘双剑一家人安定下来后，袁向红到昆明找活干。住在坪地营村的公公和婆婆来安置区看望过几次，在这里生活一段时间后，觉得这里比农村好很多，于是决定留下来。刘双剑在照顾老人、小孩之外，还时常到社区服务站当义工，她在那里认识了同样来当义工的罗富燕。两个经历相似的人，很快成了要好的朋友。

她们对社区里的事情特别用心，家里的活做完，就到社区服务站来，只要需要帮助，她们都热心地去帮忙。毕竟，她们曾经出去打工，看到的多，知道的也多，跟刚从偏僻的农村过来的人比，她们对城里的生活要熟悉一些。罗富燕被选为他们那一栋楼的楼长，她给楼里的人建了一个微信群，谁家有个什么事，就在群里说出来，她第一时间帮他们去协调解决。

有天晚上吃完饭，罗富燕带着小孩到外面散步。社区里年龄大的人在路边打牌，有人在做手工活，有些人在唠家常，小孩离开她跟别的小孩去玩了。

罗富燕看到刘双剑在不远处跟一个人说话，就凑了过去。此时，天气已经转凉，气温慢慢地低下来。

刘双剑看到罗富燕，介绍说："她是从文山来这里打工的，很会跳舞。"

罗富燕听后问："你能教我们跳舞吗？"

这个人很爽快地答应说："可以的。"

刘双剑想，她们先学习跳舞，会了以后可以再教社区里的其他人，让更多的人加入她们的队伍里，这样可以丰富社区群众的文化生活。罗富燕也是这个想法，她们约定第二天晚上开始学跳舞。

文山来的打工妹每天晚上教她们舞蹈，旁边站着社区里的人观看。练了一个多月，打工妹要回去过年，她们已学会了好几个舞蹈。

2019年春节刚过完，卯家湾安置区的工程陆陆续续地复工了。姚太银在工地上找到了一份工作，他们一家人又生活在一起了。

姚太银吃完早饭到工地上去。罗富燕叮嘱他一定要好好学一门技术，姚太银答应了下来。

他从家里出来，走在干净的水泥路上。路边栽种的树已经发出了新芽，社区里人们已经开始忙碌，他们为了过上美好的生活，又开始了紧张的一天。姚太银看着一栋栋矗立起来的高楼，想到自己已经不是农民，而是城市居民了。他的小孩也将和城里的小孩一样，享受良好的教育，成长在舒适的环境里。一家人搬到卯家湾后，身体状况好了许多，罗富燕也从病痛中摆脱出来。他走出了社区，穿过马路，走向了工地。

姚太银第一天上班，就在工地上学习绑扎钢筋的技术。一天下来，累得连筷子都拿不住，罗富燕心疼地落了泪。姚太银的父母看到他这样，劝他早点歇着。一家人每天能这样围坐在一起吃饭、说话，姚太银感到非常幸福，这点苦对他来讲，什么都不算。父母放下饭碗，拿着小凳出了门，两个小孩也跟着跑出去。罗富燕收拾桌上的碗筷。他靠在沙发上，望着窗外，许多人走来走去，他心里多了一些盼头。如果安置区这边的工程全部竣工，所有搬迁户入住，那么这里岂不就变成一个城市了？现在自己也成了这个城市的一名建设者。想到这里，他的心情一下好了起来，手上的疼痛也减轻了不少。

罗富燕从厨房出来，给他倒了杯水，坐在他的身旁。

姚太银知道她过会儿就要出门，教社区里的人跳舞。现在她们已经有十几个人，成为这里最吸引人的风景。罗富燕要帮他揉手，他没有拒绝。

“为了这个家，把你累成这样。”罗富燕说这话时，眼窝湿润。

姚太银安慰她，只要为了这个家，他再辛苦也是值得的。他要努力挣钱，把欠下的债还清，让一家人轻松地过日子。罗富燕心里一阵阵温暖。

罗富燕出门教社区里的人跳舞。姚太银靠在沙发上，一个人坐在屋子里。外面天黑了下来，路灯亮了，对面楼上的窗户明亮了起来。他望着外面，听到罗富燕她们跳舞的音乐，脑海里闪现出她的身影来，那身姿，那笑容，让他露出了愉快的微笑。

一个多月后，姚太银已经成为一名熟练的技术工人。老板看到他的工作能力和工作态度，将他晋升为小工头，带领 50 多名工人进行装修学校的工作。

我在他们家采访时，姚太银带着几十名工人回来取轧线，没有库房，这些轧线暂时寄放在他的房子里。姚太银告诉我，2019 年，他有 2 万多元的工资，一家人的吃穿不用愁。罗富燕补充道：“今年最开心的事是，再没有欠债了，而且我们家实现了脱贫！”她脸上洋溢着喜悦。

姚太银现在对装修工程很感兴趣，工作时对流程很关注，想着将来卯家湾工程全部结束后，揽些装修工程，开始闯自己的新天地。现在他跟业内的许多人建立了联系，今后这些资源对他的事业会有很大的帮助。姚太银对自己的未来充满希望，对自己能在社会上立足充满了信心。

刘双剑一家人的日子也逐渐好了起来。袁向红在昆明给人打工，有比较固定的收入。刘双剑待在卯家湾照看小孩和老人，也在等待着袁向红的召唤，到时她的丈夫重新承接工程，她就得离开这里去帮袁向红。他们已经从之前的挫败中走了出来，开始编织自己新的未来。刘双剑这样说："我们一家人非常感谢党和政府，如果没有这么好的政策，我们怎么能住进这么大的房子，怎么能生活在这么好的环境里。"

刘双剑的公公和婆婆搬到这里跟他们住以后，看病就医很方便，这里的气候、环境、卫生等条件好，老人生病的次数也少了。两个老人经常到社区里的老年活动室，跟其他人交流闲谈，每天过得有滋有味，人的精神面貌也有了很大的改观。

刘双剑的大儿子在坪地营村时上过半年的学，早晨天不亮，她就得打着手电筒把大儿子送到山脚，然后他独自背着书包去学校。晚上到家时，大儿子已饥肠辘辘，疲惫不堪。有时写着作业就会睡着。搬到卯家湾这里后，去学校只需十来分钟，放学回家写完作业，还有大把的时间跟社区里的小孩一起玩耍。这对于他们的健康成长有很大的益处。

在中国共产党的领导下，人民的生活实现了从贫困到温饱再到总体小康的历史性跨越。我国的8亿农村贫困人口成功脱贫，是世界上率先完成联合国千年发展目标的国家，为人类战胜贫困、为减贫事业做出了重大的贡献，为发展中国家寻找发展道路提供了成功的实例。习近平总书记殷殷嘱咐我们：“打赢脱贫攻坚战，中华民族千百年来存在的绝对贫困问题，将在我们这一代人的手里历史性地得到解决。这是我们人生之大幸。让我们共同努力，一起来完成这项对中华民族、对整个人类都具有重大意义的伟业。只要全党全国各族人民齐心协力、顽强奋斗，脱贫攻坚战一定能够打好打赢。”

刘双剑和罗富燕对这一切有最深切的体会，她们组织的舞蹈队已经发展到20多人，每晚音乐响起，人们会从四处聚拢过来，看舞蹈队的表演。她们不仅丰富了社区人民的文化生活，也展现出搬迁群众的精神风貌。

为了通过舞蹈教育社区人民，刘双剑和罗富燕开始编排新的舞蹈，起名叫《感恩的心》，以此表达她们对党和政府的感恩之心。经过十多天的编排，这一舞蹈已经成形。

这是2019年冬天的傍晚，刘双剑和罗富燕领着20多人，一个动作一个动作地进行示范，大家一丝不苟地学习。从她们的投入程度上，可以看出对这个舞蹈的喜爱。夜幕降临，她们的舞蹈学习还没有结束，直到小孩跑来喊：“妈妈，该回家了！”她们才停了下来。

“再练个两天，我们就可以跟着音乐跳了！”罗富燕擦着额头上沁出的汗珠说。

“到时社区里的人都会围着我们看的，他们感恩的心我们一同传达。”刘双剑应道。

走在这条宽敞而幽静的街道上，两旁的房子灯火通明。她俩满怀感恩，向着自家的方向走去。

2020年7月初，我又专程跑到卯家湾安置区，一座座高楼耸立，宽敞笔直的柏油路直通过去，各种车辆络绎不绝。道路两旁的路灯杆上挂着鲜红的国旗。大楼边两行红色的字特别醒目："搬出大山天地宽 幸福家园卯家湾"。这里的一切发生了很大的变化。道路两旁摆着各种摊柜，有卖小吃的，也有卖蔬菜、水果、小商品的，隔着绿化带能看到商店、饭馆等。

我在里面转悠了一圈，却没能找到之前采访的那些人家了。每个社区看着差不多，整齐干净，草绿花艳，街道上人头攒动，热闹非常。

此时，一个年轻的小伙子从人群里走出来，他的手机突然响了起来，手机铃声是那首熟悉的歌《感恩的心》。

我站在街道上看着这些来来往往的人，他们的脸上写满了幸福与快乐。